DBV

Heitere Kurzszenen

Hrsg. von Paul Mergast
und Gisela Uihlenkamp

Don Bosco Verlag

CIP-Kurztitelaufnahme
der Deutschen Bibliothek

Heitere Kurzszenen / hrsg. von Paul Mergast
u. Gisela Uihlenkamp. — 1. Aufl. — München:
Don Bosco Verlag, 1985.
ISBN 3-7698-0531-3

NE: Mergast, Paul [Hrsg.]

1. Auflage 1985 / ISBN 3-7698-0531-3

Gesamtherstellung: Heinz Neubert GmbH, Bayreuth

Inhalt

Einführung

Es ist eine erstaunliche Tatsache: Trotz aller Unkenrufe sind heitere Kurzszenen wieder gefragt, im Hörfunk sowohl als auch im Fernsehen; das weiß ohnehin jeder Konsument. Mit der Kurzszene bekamen aber auch die totgesagten Kabaretts wieder Boden unter die Füße. Man kann — trotz oder vielleicht auch wegen aller Lebensängste und Bedrohungen — ohne den heiter-kritischen und bisweilen auch optimistischen Humor nicht leben.

Die nachfolgenden Kurzszenen wollen als Skizzen, als Rohmaterial gewertet werden. Das soll keineswegs heißen, daß die Szenen nicht in der vorliegenden Fassung übernommen und aufgeführt werden können. Aber den Spielern ist viel Freiraum belassen: Sie können jede Szene in ihre Mundart übersetzen, sie dürfen ergänzen, kürzen, umstellen oder durch milieubezogene Pointen aktualisieren.

Ebenso ist bei zahlreichen Modellen ein Rollentausch möglich. Denn heitere Kurzszenen verlangen keine „Charakterrollen", sondern „Typen". Deshalb können — selbstverständlich mit entsprechender Abänderung der Anrede und des Jargons — Szenen von zwei weiblichen Rollen in zwei männliche Rollen (und umgekehrt) ohne besondere Schwierigkeiten umgeschrieben werden.

Auch bezüglich des Spielortes sollte man flexibel sein und die von den Herausgebern und Mitautoren angepeilten Stegreif-Möglichkeiten („kreatives Spiel") aufgreifen und erweitern.

Ein Beispiel: Zwei Spielerinnen führen einen vorgegebenen Dialog. Die eine Spielerin kann von rechts, die andere von links auf die Spielfläche kommen, beide begegnen sich etwa in der Mitte „rein zufällig", begrüßen sich (aus dem Stegreif!) und beginnen mit dem Spieltext. Sie können sich jedoch auch in einem Café verabredet haben. Eine der beiden Darstellerinnen sitzt an einem Tischchen, die andere kommt hinzu (Begrüßung, Bestellung von Kaffee und Kuchen bei einer Bedienung, Gesprächsbeginn). Oder: Beide sitzen bereits in einem Café oder in der Wohnung einer Spielerin beim servierten Kaffee...

Wer Spaß an bekannten Witzfiguren hat, kann ihnen zahlreiche der in diesem Buch gesammelten Kurzszenen in den Mund legen: Tünnes und Schäl (Rheinland), Bolle und Nante (Berlin), Antek und Frantek (Oberschlesien), Klein Erna und Mutter (Hamburg), Kare und Lucki (Oberbayern), Graf Bobby und Baron Mucki (Österreich) u. a.

Heitere Kurzszenen benötigen keine „Szenerie", d. h. kein Bühnenbild mit Kulissen (Wänden, Türen, Fenstern etc.). Die Szenen werden

dort gespielt, wo ein geeigneter Platz ist: auf einer neutralen Bühne, einer Vorbühne (vor dem geschlossenen Vorhang), auf einem Podium („Brettl"), einer Tanzfläche, einem Vorplatz, mitten in einem Raum, in dem die Zuschauer eine Lücke für kurze Darbietungen lassen, usw. Bei manchen Szenen sind transportable Leichtmöbel unerläßlich, z. B. Tischchen, Stühle oder Hocker etc. Gelegentlich mag ein echtes „Versatzstück" nützlich sein, z. B. ein Schild mit der Aufschrift „Zoll", „Auskunft", „Bankschalter", „Café". Ungeeignet für alle heiteren Kurzszenen sind kompliziert aufzustellende, schwere „Setzstücke".
Die in diesem Buch vorgelegten Kurzszenen wurden sowohl für jugendliche Spieler (Schüler, Jugendgruppen und junge Erwachsene) als auch für Kreise junger Familien, Sportclubs, Vereins- und Gemeindemitglieder ausgewählt.
Erfahrungsgemäß werden Kurzszenen dieser Art vorwiegend als „Einlagen" oder Zwischennummern bei unterschiedlichen Anlässen aufgeführt: bei Schulfesten, Schullandheim-Aufenthalten, in Ferienlagern, bei Abenden in der Jugendherberge oder in der Berghütte, bei Elternabenden, „Bunten Abenden", Jubiläen, Betriebsausflügen, Faschings- bzw. Karnevalsveranstaltungen und schließlich beim Ausklang von Konferenzen, Tagungen, Versammlungen und Wiedersehens-Treffen.
Eine besonders hübsche Einsatzmöglichkeit, die seit einigen Jahren mit Erfolg erprobt wurde, darf nicht unerwähnt bleiben: Jugendliche spielen heitere Kurzszenen für Senioren in Altenheimen und Seniorenclubs. Der Dank und die Freude genügen als Entgelt.
Mitautoren sind im Inhaltsverzeichnis und bei den einzelnen Sketschen genannt; alle übrigen Szenen stammen von den Herausgebern.

Blackouts

Das englische Wort ,,blackout" (= schwarz-aus) gibt zu verstehen, daß mit dem letzten Wort einer kurzen, heiteren Spielszene die Beleuchtung schlagartig abgeschaltet wird. Der Blackout ist die kürzeste Form der heiteren (ironisch-kritischen, menschlich-allzumenschlichen, geistvoll-sarkastischen) szenischen Darbietung und begnügt sich mit einer einzigen (Schluß-) Pointe.
Wünschenswert sind Scheinwerfer (,,spotlights"), die zu Beginn der Szene eingeschaltet und zur Schlußpointe abgeschaltet werden. Wo diese Möglichkeit nicht gegeben ist, werden Helfer beauftragt, die Raumbeleuchtung bei der Schlußpointe für ca. zwei Sekunden abzuschalten. Diese Helfer müssen selbstverständlich mit der Kurzszene und vor allem mit der Schlußpointe vertraut sein. Die auf den Blackout folgende Einschaltung der Raumbeleuchtung bietet den Spielern die Möglichkeit, sich für den Applaus durch leichte Verneigung zu bedanken.
Die Akteure sollten — wo immer es möglich und angebracht ist — irgendwelche Utensilien bei sich tragen: Damen z. B. Handtäschchen, Umhängetaschen, Einkaufstaschen, gefüllte Plastiktaschen etc., die Herren Aktentaschen, Herrentäschchen, eine Zeitung, eine Illustrierte u. a. m.
Die Spieler sollten sich kleine ,,Gags" einfallen lassen: Beispielsweise können zwei Darstellerinnen die Spielfläche mit aufgespannten Regenschirmen betreten. Bei einem vereinbarten Stichwort streckt jede einen Arm waagrecht aus (um zu prüfen, ob es noch regnet), woraufhin beide gleichzeitig und exakt den Schirm schließen, ohne dabei den Dialog zu unterbrechen.
Manche Blackouts kommen besser an, wenn ein Conférencier (Ansager) den Titel der nachfolgenden Kurzszene bekannt gibt. Dies muß keineswegs der Titel sein, den die Verfasser der in diesem Buch angebotenen Stücke gewählt haben. Sicherlich finden die Spieler bzw. ein Veranstaltungsteam einen weit pfiffigeren Titel.

Prompte Arbeit

Ort der Handlung: Wohnungs-Eingang (= Diele, Flur)
Spieler: ein Handwerker (Installateur = I), Frau Oberneder (O)

(Es läutet an der Wohnungstüre)

O *(geht über die Spielfläche, „öffnet" pantomimisch und läßt den Handwerker eintreten)*

I Guten Tag, Frau Keller. Ich bin der Handwerker, den Sie angerufen haben, der Installateur. Wegen Ihrer Badewanne.

O Da muß ein Irrtum vorliegen: Erstens heiße ich nicht Keller, sondern Oberneder und zweitens habe ich Sie nicht angerufen.

I Aber ich sollte doch bei Ihnen — Moment mal — (*er holt einen zerknüllten Zettel aus der Tasche des Arbeitsmantels, glättet ihn umständlich, hält ihn mit ausgestreckten Armen weit von sich und liest vor:)* Badewannen-Abfluß undicht, Überschwemmung, Wassereinbruch bis ins Erdgeschoß, Frau Keller.

O Ich heiße aber nicht Keller.

I Ja — aber wieso wurde ich dann von dieser Frau Keller ganz dringlich hierher bestellt wegen des Rohrbruchs und der Überschwemmung im ganzen Haus?

O Ach, da fällt mir ein: Die Familie Keller hat vor uns hier gewohnt. Aber die ist vor einem dreiviertel Jahr ausgezogen.

— *Licht aus!* —

Nur die Hälfte

Ort der Handlung: Straße
Spieler: Frau Müller (M), Frau Schulze (S)

M Guten Tag, Frau Schulze!

S Oh, Verzeihung, Frau Müller! Ich war so in Gedanken versunken, daß ich Sie beinahe übersehen hätte.

M Das kann vorkommen. Darf ich fragen, wie es Ihnen geht?

S Na, ich darf nicht klagen. Viel Arbeit natürlich — jetzt, nach dem Hausumbau.

M Ach, das wußte ich gar nicht! Sie haben umgebaut! Da kann ich mir ihre Plage vorstellen: all der Schmutz und Staub im ganzen Haus! Und das schaffen Sie alles ganz allein?

S Nein, das wäre unmöglich. Aber wir haben uns eine sehr tüchtige Zugehfrau genommen — übrigens kennen Sie die, denn sie hatte früher einmal bei Ihnen gearbeitet . . .

M Doch nicht etwa die Adele?

S Genau die! Die Adele hilft mir sehr eifrig.

M Was, diese geschwätzige Person?

S Aber Frau Müller, Sie brauchen sich deshalb wirklich nicht aufzuregen. Wir nehmen nämlich von dem, was die Adele über Sie erzählt, bestenfalls die Hälfte ernst.

— Licht aus! —

Der Saubermann

Ort der Handlung: Gaststätte (Tischchen, zwei Stühle)
Spieler: zwei Typen (A und B)

A Ja, ja.

B Probleme über Probleme.

A Zum Beispiel die Umweltverschmutzung! Geh doch bloß ein paar hundert Meter auf der Straße, was da alles herumliegt! Einfach weggeschmissen. Plastikbecher, Plastiktüten, Plastikbeutel . . .

B Von wegen Plastik! Das fängt schon beim Papier an, zum Beispiel bei den Obsttüten. Leergegessen und fallen gelassen, wo man gerade steht oder geht . . .

A Richtig! Das beobachte ich auch oft. Da müßten Gesetze her.

B Und Strafen, ganz drakonische Strafen!

A Was machst eigentlich du mit einer leeren Obsttüte?

B Ich werfe sie grundsätzlich nicht weg.

A Du steckst sie also ein.

B Ja, in den nächstgelegenen Briefkasten. So bleibt die Natur sauber.

— Licht aus! —

Zuviel des Guten

Ort der Handlung: Wohnzimmer
Spieler: Vater (V), junger Mann (J)

(Es klopft)

V Herein!

J Guten Tag, Herr Direktor.

V Guten Tag. Sie wünschen?

J Ihre Tochter hat mir gesagt, daß ich bei Ihnen vorsprechen darf.

V Ah, Sie sind also der junge Mann, der meine Tochter heiraten möchte. Na, was haben Sie denn zu bieten?

J Ich bin Antialkoholiker, Nichtraucher, sparsam, spiele nie Karten, schaue mir nie ein Fußballspiel an, weder im Stadion noch im Fernsehen . . .

V Schluß aus! Schlagen Sie sich meine Tochter aus dem Kopf! Oder meinen Sie, ich kann einen Schwiegersohn brauchen, der mir täglich als Vorbild vor Augen gehalten wird?

— *Licht aus!* —

Die Einladung

Ort der Handlung: auf der Straße
Spieler: Frau Schreiner (S), Frau Brehm (B)

S Ja, wen sehe ich denn da wieder einmal: die Frau Brehm! Guten Tag, liebe Frau Brehm!

B Einen recht schönen guten Tag, liebe Frau Schreiner. Wie geht es Ihnen?

S Gut, Frau Brehm. Sie wissen ja wohl, daß wir umgezogen sind.

B Ach, deshalb sehen wir uns jetzt so selten! Und sind Sie mit der neuen Wohnung auch zufrieden?

S Sehr zufrieden. Ein Traum von einer Wohnung, Frau Brehm.

B Sie machen mich richtig neugierig. Könnte man die Wohnung wohl einmal besichtigen?

S Aber natürlich, Frau Brehm! Ich lade Sie und Ihren Mann ganz herzlich ein. Wäre Ihnen der kommende Sonntag angenehm?

B Sehr angenehm sogar. Vielen Dank auch für die liebenswürdige Einladung.

S Dann darf ich Sie bitten: Kommen Sie gleich nach ihrem gewohnten Nachmittags-Kaffee, auf diese Weise können Sie zum Abendessen wieder zu Hause sein.

— Licht aus! —

Das Aha-Erlebnis

Ort der Handlung: auf der Straße
Spieler: Graf Bobby (B) und Baron Mucki (M)

M *(geht hinkend am Stock)* Ja, der Graf Bobby!

B Aber Baron Mucki, was ist Ihnen denn zugestoßen?

M Den Knöchel übertreten, wie man so sagt. Komme gerade wieder vom Arzt.

B Und was sagt der?

M Noch weitere acht Tage das Bein hochlegen.

B Sie Ärmster! Das muß ja furchtbar sein, so den ganzen lieben langen Tag daheimsitzen und das Bein hochlegen.

M Das ist ganz und gar nicht schlimm! Auf diese Weise komme ich endlich wieder einmal so richtig zum Lesen.

B Schau einer an. Und was lesen Sie denn gerade, wenn ich fragen darf?

M Karl May.

B Aha, den Karl May. Und welches Buch von Karl May lesen Sie denn zur Zeit?

M Das Kapital.

B Aber Baron Mucki! Das Kapital hat doch nicht der Karl May geschrieben, sondern der Karl Marx!

M Jetzt geht mir ein Licht auf: Deshalb ist bis jetzt noch kein einziger Indianer vorgekommen.

— Licht aus! —

Gerechtes Urteil

Ort der Handlung: eine Gaststätte (Tisch, drei Stühle)
Spieler: zwei Stammtischfreunde: Fred (F) und Walter (W). Sie sitzen am Tisch, der dritte Stuhl ist frei.
Eine weibliche Bedienung (B)

F Diesmal bin ich wirklich gespannt...
W Auf was?
F Wie die Wahl ausgeht.
W Fred, bitte laß die Politik aus unserer Konversation.
F Wie du meinst! Also: Themawechsel. *(Sie schweigen eine Weile)*
B *(kommt vorbei)* Na, so in trauter Zweisamkeit heute! *(Sie deutet auf den leeren Stuhl)* Wo bleibt denn heute der Herr Siebeneicher?
W Vielleicht hat er die Grippe. Die soll ja zur Zeit...
B So, Grippe nennt man das jetzt? *(Sie eilt hinaus)*
F Wieso redet die Lissy heute so komisch daher?
W Sag mal, Fred — weißt du wirklich nichts?
F Walter, so wahr ich hier sitze: Ich kenne mich mit dem gesamten Gerede überhaupt nicht mehr aus.
W Dann muß ich es dir leider sagen: Unser Stammtischfreund, der Siebeneicher, kann in nächster Zeit nicht mehr hierher kommen.
F Ist er krank?
W Nein — er sitzt. Sieben Monate, ohne Bewährung.
F Um Himmels willen! Und was hat er angestellt?
W *(beugt sich ganz zu F hin)* Er hat gesagt, der Minister sei ein Holzkopf. Und das im Büro, vor seinen Angestellten.
F Und der Holzkopf kostet ihm sieben Monate?
W Einen Monat wegen Beamtenbeleidigung.
F Und die anderen sechs Monate?
W Weitergabe eines Dienstgeheimnisses.

— Licht aus! —

Die Gute-Nacht-Geschichte

Ort der Handlung: ein Kinderzimmer. Man benötigt weder Kinderbettchen noch anderes Mobiliar: Es genügt ein Vorhang, der etwas zur Seite gerafft ist. Davor ein Stuhl

Spieler: der Vater (V), die Mutter (M)

(Zu Beginn der Spielhandlung hört man Kindergeschrei hinter dem Vorhang — live oder mit Kassettenaufnahme. Der Vater kommt, beugt sich in den Vorhangspalt und versucht, die lieben Kleinen zu beruhigen. Der Nachwuchs aber verlangt deutlich, daß Vati eine Gutenachtgeschichte erzählen soll. Schließlich geht der Vater auf die Kinderbitte ein, vorausgesetzt, daß die Kinder ganz still sind. Es wird mäuschenstill. Vater setzt sich.)

V Also — ich erzähle euch jetzt eine ganz schöne Geschichte. Ihr wißt: Alle schönen Geschichten beginnen mit dem Satz ‚Es war einmal'. Und genau so geht auch die Geschichte an, die ich euch heute erzähle:

Es war einmal eine ganz liebe und gute Frau. Sie war auch eine ganz liebe und gute Mutti zu ihren Kinderlein. Und weil sie nicht nur zu ihren Kinderlein gut und lieb war, sondern auch zum Vati, erlaubte sie dem Vati, zweimal in der Woche am Abend auszugehen: einmal in den Kegelclub und einmal zum Kartenspielen. Und der Vati freute sich und war sehr glücklich, daß er nun zweimal in der Woche ausgehen und mit seinen lieben Freunden kegeln und Karten spielen durfte. Und die liebe Mutti gab ihm sogar die Hausschlüssel mit und fragte ihn am nächsten Morgen nicht einmal, wie spät es war, als er heimkam. Ja, so eine liebe Frau hatte dieser Mann —

M *(rauscht herein)* Was treibst du denn da mit den Kindern??

V Ich erzähle ihnen ein Märchen.

— Licht aus! —

Der Schönheitssalon

Ort der Handlung: auf einem Gehsteig (keine Versatzstücke)

Spieler: zwei Freundinnen (A und B)

A Du kennst doch die Frau Görlitz aus der Obersteinerstraße?

B Die Gattin von dem bekannten Baumeister?

A Genau die!

B Und was ist mit ihr?

A *(sieht sich um, ob auch kein anderer mithört)* Die spricht seit drei Tagen nicht mehr mit ihrem Mann.

B Wieso nicht? Hat er sie etwa...

A Nicht, was du meinst. Es ist eine ganz verzwickte Sache: Da wurde doch vor kurzem an der Ecke zur Romulusstraße so ein neumodischer Schönheitssalon eröffnet.

B Weiß ich. In allen Briefkästen steckten die farbigen Prospekte von dem Salon. Aber — was hat das mit dem Ehekonflikt bei Görlitzens zu tun?

A Das kann ich dir sagen: Sie, die Frau Görlitz, wollte vor drei Tagen in diesen neuen Schönheitssalon gehen.

B Der muß ja recht stattliche Preise haben.

A Eine einfache Behandlung achtzig Mark!

B Sagte ich doch!

A Und deshalb bat Frau Görlitz ihren Mann um achtzig Mark.

B Aber der alte Geizkragen gab ihr das Geld nicht?

A Im Gegenteil: Er gab ihr achthundert Mark!

— Licht aus! —

Die lieben Verwandten

Ort der Handlung: ein Wohnraum, evtl. ein Eßzimmer mit Tisch und fünf Stühlen

Spieler: Vater (V), Mutter (M), Sohn Bernhard (B), Tochter Irmgard (I), Tante (T)

M Bernhard, ich muß dich etwas fragen.

B Frag schon, Mama. Ich habe sogar eine blasse Ahnung, was du wissen möchtest.

M Man hat mir gesagt, du möchtest demnächst heiraten.

B Das ist gar nicht ausgeschlossen.

V Was?! Und so etwas erfährt man so nebenbei und zufällig?

B Lieber Papa, ich hätte es euch bestimmt in den nächsten Tagen gesagt. Ich wollte nur noch den Wohnungsvertrag in Händen haben.

I Lieber Bruder Bernhard, ist es etwa gar die mit der langen Nase?

B Ja, mein teures Schwesterlein: Es ist genau die mit der langen Nase.

V Bringt sie wenigstens Geld mit in die Ehe?

B Sehr wenig. Aber das ist für mich nicht entscheidend.

T Laß es dir von Deiner Tante gesagt sein: Das bereust du lebenslänglich!

M Aber kann sie denn wenigstens ordentlich kochen?

B Ach, das lernt jede Frau im Lauf der Ehe.

I Und rote Haare hat sie auch!

V Kein Geld, kann nicht kochen, rote Haare, eine lange Nase — ja, ich frage dich bei allen Göttern: Hat sie denn irgend etwas Positives, weshalb du gerade dieses Mädchen heiratest?

B Allerdings, das hat sie.

V, M, I, T Was denn?

B Sie hat keine Verwandten!

— Licht aus! —

Kleine Panne

Ort der Handlung: Raststätte oder Tankstelle an einer Autobahn. Evtl. mittels Kassette Geräusche vorbeifahrender Autos und Gesprächsfetzen einblenden. Unerläßlich: ein Telefon
Spieler: Fernlastfahrer Köhler (K) — Solonummer

K *(wählt eine lange Nummer)*
Hallo! Ist dort die Transportfirma Hegemann? — — —
Dann ist es gut. Hier ist Köhler. — — —
Richtig, der Fernlastfahrer Köhler. Könnt ich bitte den Chef sprechen, den Direktor Hegemann? — — —
Ja, Fräulein Renate, versuchen Sie's bitte mal, die Sache wäre sehr wichtig. *(kurze Pause)*
Hier ist der Fernlastfahrer Köhler. Guten Tag, Herr Direktor. — — —
Von wo aus ich anrufe? Von einer Tankstelle kurz vor der Grenze bei Salzburg. — — —
Nein, nichts Besonderes, Herr Direktor. Der linke Rückspiegel außen, ich meine den äußeren linken Rückspiegel, der ist total defekt. — — —
Wieso ich wegen einer solchen Lappalie nach Hamburg rufe? Ja, ich kann doch ohne den Rückspiegel nicht weiterfahren! — — —

Wie? Einen neuen Außenspiegel kaufen und anmontieren? — — — Das geht leider nicht, Herr Direktor, wo doch der Laster auf dem Außenspiegel liegt.

— Licht aus! —

Der richtige Name

Ort der Handlung: auf der Straße vor einem Hauseingang
Spieler: Polizist (P) mit Mütze und Gürtel über dunklem Sakko, ein Bürger (B) mit Stemmeisen und Hammer

B *(geht mit seinem Werkzeug quer über die Spielfläche)*
P *(hinter ihm her)* Hallo! Sie da! Ja, Sie! Stehenbleiben! Wo wollen Sie hier einbrechen?
B Hier in Haus Nr. 16. Ich habe meine Hausschlüssel daheim liegen lassen und die Türe zugeschlagen.
P So, und woher haben Sie plötzlich das Einbruchswerkzeug?
B Das hat mir der Wirt von da drüben geliehen.
P Geliehen, aha. Na, das wird sich feststellen lassen.
B Bitte, Herr Wachtmeister . . .
P Oberwachtmeister.
B Verzeihung. Bitte, Herr Oberwachtmeister, gehen Sie hinüber und fragen Sie den Wirt; er kennt mich gut.
P Das würde Ihnen so passen: Ich gehe zum Wirt, und Sie hauen mittlerweile ab. Nichts da!
B Aber wieso sollte ich abhauen? Ich sagte Ihnen doch bereits, daß ich hier wohne!
P Diese Ausrede kenne ich, die gebraucht jeder ertappte Einbrecher. Also beginnen wir! Zunächst Ihren Namen: Wie heißen Sie?
B Maier mit a-i.
P Mann, machen Sie bloß keine dummen Scherze mit mir. Maier kann jeder heißen. Ich möchte Ihren wirklichen Namen wissen! Also, raus mit der Sprache: Wie heißen Sie wirklich?
B *(stöhnt)* Friedrich von Schiller.
P Na also, warum nicht gleich? Oder haben Sie gemeint, Sie könnten mich für dumm verkaufen?

— Licht aus! —

Kleines Mißverständnis

Ort der Handlung: Amtszimmer in einem Pfarrhaus (Tisch, zwei Stühle)
Spieler: der Pastor (P), seine Haushälterin (H), Fräulein Maislinger (M)

P *(selbstverständlich in Zivil — sitzt am Tisch und schreibt. Es klopft)*

P Bitte sehr!

H *(kommt verlegen herein)* Entschuldigen Sie, Herr Pastor, es möchte Sie jemand sprechen.

P Aber das könnten Sie doch nun wirklich wissen: Wenn mich jemand sprechen möchte, dann bin ich für ein Gespräch bereit.

H Aber es ist eine sehr junge Dame.

P Ob jung oder alt: Wer mich sprechen will, den führen Sie herein!

H Sehr wohl, Herr Pastor. *(Sie geht hinaus. Es klopft)*

P Bitte sehr, herein!

M *(kommt sehr schüchtern herein)* Guten Abend, Herr Pastor.

P *(steht auf)* Guten Abend. Darf ich nach Ihrem werten Namen fragen?

M Maislinger mit a-i. Fräulein Susi Maislinger.

P Nehmen Sie bitte Platz, Fräulein Maislinger. Welches Anliegen führt Sie zu mir?

M Wegen der Hochzeit, Herr Pastor. Mein Bräutigam und ich — wir möchten nämlich heiraten.

P Schön, Fräulein Maislinger. Da müssen wir also gleich einige Formalitäten erledigen, wozu ich dann allerdings auch Ihren Herrn Bräutigam zur Unterschrift benötige. Es wäre natürlich besser gewesen, wenn er heute Abend gleich mitgekommen wäre.

M Das ging nicht, Herr Pastor. Er hat nämlich noch Dienst.

P Aha. Darf ich fragen, was er von Beruf ist?

M Mesner, Herr Pastor.

P Also Küster.

M Und w i e, Herr Pastor!

— Licht aus! —

Der Erbonkel

Ort der Handlung: Wohnraum, nach Möglichkeit ein Kleiderständer

Spieler: Neffe (N), Arzt (A)

N *(geht aufgeregt hin und her, sieht auf die Armbanduhr. Es läutet an der Wohnungstüre. Der Neffe geht hinaus und kommt mit dem Arzt zurück)*
Gott sei Dank, daß Sie so rasch gekommen sind, Herr Doktor. *(Der Arzt stellt sein Köfferchen ab, der Neffe hilft ihm aus dem Mantel und hängt Hut, Mantel und evtl. Schirm an die Garderobe)*

A Sie sind also der Sohn vom erkrankten Herrn Generaldirektor Behringer?

N Nein, Herr Doktor, ich bin sein Neffe.

A Und Herr Behringer ist vermutlich kinderlos.

N So ist es, Herr Doktor. Ich bin noch der einzige Verwandte, der sich um ihn kümmern kann.

A Dann ist Direktor Behringer sozusagen ihr Erbonkel?

N Herr Doktor! Davon wollen wir jetzt bitte nicht sprechen.

A Richtig. Und wo finde ich Ihren Herrn Onkel?

N Gleich hier nebenan im Salon. Ich habe das Bett hier herein bringen lassen, weil die Schlafräume alle im Nordtrakt liegen.

A Sehr vernünftig. *(Er nimmt das Köfferchen)* Und seit wann hat Ihr Herr Onkel das hohe Fieber?

N Seit gestern. Er phantasierte heute nacht. Ich hatte schon das Schlimmste befürchtet.

A Führen Sie mich bitte in den Salon.

N Bitte sehr. *(Beide gehen seitwärts ab. Der Neffe kommt allein zurück. Geht unruhig auf und ab, sieht auf die Armbanduhr, ergreift eine Zeitschrift und blättert nervös darin)*

A *(kommt mit ernster Miene zurück, stellt das Köfferchen ab, greift nach seinem Mantel. Der Neffe ist ihm behilflich)*

N Darf ich fragen, Herr Doktor: Besteht eine gewisse Hoffnung?

A Leider nein. Ihr Onkel ist in wenigen Tagen wieder gesund.

— Licht aus! —

Der Held

Ort der Handlung: Eßnische: Tisch, zwei Stühle
Spieler: ein Ehepaar: der Mann (M), die Frau (F)

M *(löffelt entweder lustlos seine Suppe aus oder stochert mit Messer und Gabel im Abendessen herum)*

F Du sprichst nicht! Schmeckt es dir etwa nicht?

M Im Gegenteil! Ausgezeichnet! Ein Abendessen wie in einem Drei-Sterne-Lokal.

F Na, na, so dick bräuchtest du ja auch wieder nicht gleich aufzutragen.

M Jetzt siehst du es selbst: Wie ich es sage, es ist immer falsch.

F Es genügt, wenn du ganz schlicht sagst: ‚Ja, es schmeckt.'

M Schön: Ja, es schmeckt.
(kurze Stille)

F Hans-Dieter...

M Sag's schon.

F Hans-Dieter, du hattest mir doch versprochen...

M Ich weiß, das habe ich dir versprochen und das habe ich auch gehalten.

F Du hast dich also in die Höhle des Löwen gewagt? Liebling, bitte, bitte, erzähle!

M Was heißt da ‚erzähle'? Da gibt es nicht viel zu erzählen. Ich habe mich gekämmt, die Krawatte festgezogen, bin zum Zimmer des Direktors gegangen und habe geklopft.

F Und bist du hineingelassen worden?

M Von wegen: Ich bin einfach hineingegangen.

F Hans-Dieter, du bist ein Held! Mein Held! *(Sie fällt ihm um den Hals)* Und — weiter, weiter!

M Ich bin auf seinen Schreibtisch zugegangen, habe zwei- oder vielleicht sogar dreimal meine Faust auf den Schreibtisch geschmettert und eine saftige Gehaltserhöhung gefordert.

F Hans-Dieter, du Supermann! Und wie hat der Chef reagiert?

M Der war nicht im Büro.

— Licht aus! —

Die treue Freundin

Ort der Handlung: irgendwo im Freien (ohne Versatzstücke)
Spieler: Kurt (K) und Peter (P), beide in Alltagskleidung

K Also dann, auf Wiedersehn — und viel Spaß beim Kegelabend!

P Vielen Dank! Und Wiedersehn, Kurt, bis bald! *(Beide gehen auseinander)*

K *(ruft)* Du, Peter!

P *bleibt stehen und sieht um)* Gibt's noch was?

K Tja, Peter — *(beide gehen wieder aufeinander zu),* wie man's nimmt. Ich darf dir doch so ganz nebenbei einen guten Rat geben?

P Ein guter Rat von dir wird immer angenommen. Also — schieß los!

K Peter, es handelt sich um — um...

P Keine Komplexe! Also, es handelt sich um —

K um deine Freundin.

P Die Monika?

K Ja, um die Monika.

P Und was ist mit der Monika?

K Du weißt ja: Ich wohne schräg gegenüber auf der anderen Straßenseite.

P Jetzt verstehe ich rein gar nichts mehr. Was hat das mit der Monika zu tun?

K Sag bitte deiner Freundin Monika, sie soll dichtere Vorhänge an ihrem Fenster anbringen lassen.

P Wieso — hast du etwa...?

K Gar nichts etwa! Ich habe gestern abend ganz zufällig noch etwas frische Luft geschnappt und dabei aus dem Fenster geguckt.

P Du alter Voyeur!

K Von wegen ‚Voyeur'! Ich habe zufällig gesehen, wie du deine Freundin Monika geküßt hast.

P Kurt, du hast eine total verbogene Fantasie: Ich war nämlich gestern gar nicht bei der Monika.

— Licht aus! —

Schwimmkurs

Spieler: die alte Frau Striesewitz (S),
zwei jüngere befreundete Damen (D1 und D2)

(Die beiden Freundinnen stehen plaudernd beisammen)

D1 Und nicht nur mit den Lebensmitteln geht das so: Die Miete steigt, Gas und Strom werden teurer, von Schuhen und Bekleidung gar nicht zu reden —

D2 Entschuldige — ist das nicht diese steinreiche Frau Striesewitz, die dort auf uns zukommt?

D1 Tatsächlich, das ist sie! Daß diese alte Dame sich abends noch allein auf die Straße wagt!

D2 Ich gehe lieber. Wir rufen uns morgen an. Wiedersehn!

D1 Wiedersehn! Bis morgen!

S *(elegant, aber etwas spinös gekleidet, betritt die Szene. Sie geht am Stock)*

D1 Einen schönen guten Abend, Frau Striesewitz!

S Ja, das ist ja das Fräulein Margot! Guten Abend auch!

D1 Sie gehen noch ein wenig Luft schnappen?

S Von wegen Luft schnappen! Ich gehe zum Schwimmunterricht, zum Schwimmkurs, verstanden?

D1 Aber liebe Frau Striesewitz, warum tun Sie sich denn in Ihrem Alter noch so etwas an?

S *(sieht sich nach allen Seiten um, geht dann ganz nahe zu D1 hin)* Sie müssen wissen: Mein Schwiegersohn hat ein Motorboot. Und der nimmt mich des öfteren mit zu einer Bootsfahrt.

D1 Aber das macht Ihnen doch bestimmt Spaß?

S Ich sage Ihnen: Das ist ein ganz großartiges Gefühl, so auf dem Wasser dahinzuflitzen!

D1 Na also! Weshalb brauchen Sie dann einen Schwimmkurs?

S Pssst — Fräulein Margot, und ganz im Vertrauen: Als wir bei der letzten Bootsfahrt mitten im See waren, da hat mich mein Schwiegersohn so merkwürdig angeguckt...

— Licht aus! —

Angenehme Ruhe!

Ort der Handlung: Wohnraum oder Küche
Spieler: Mutter (M), Söhnchen (S)

S *(trifft ein)* Tach, Mutti (*bzw.:* Grüß Gott, Mutti!)
M Du bist aber heute viel später dran als sonst. Hast du etwa nachsitzen müssen?
S I wo, Mutti. Die Schule war aus wie jeden Mittwoch.
M Wieso dann heute die Verspätung? Hast du dich noch irgendwo herumgetrieben?
S Ich war bei dem Mann, der genau über uns wohnt. Und der hat mir dieses Döschen gegeben.
M Um Himmels willen! Der ist doch erst vor vierzehn Tagen hier eingezogen! Und du schließt schon Freundschaft mit ihm?
S Von wegen Freundschaft! Er hat mir doch nur dieses Döschen gegeben.
M Zeig mal her!
S *(gibt ihr das Döschen)*
M Das sind ja Schlaftabletten!
S Da waren einmal Schlaftabletten drin! Jetzt nicht mehr. Die hat der Mann dort oben nämlich schon alle verbraucht, weil er nicht einschlafen konnte.
M Soso. Und was ist dann jetzt in dem Döschen drin?
S Bitte, gib mir das Döschen, ich zeig dir auch, was jetzt drin ist.
M *(gibt ihm das Döschen)* Aber daß ja nichts Gefährliches drin ist!
S *(öffnet das Döschen)* Sand, Mutti. Ganz harmloser Vogelkäfigsand.
M Wieso gibt dir der Mann Vogelkäfigsand? Wir haben doch gar keinen Vogel.
S Dafür ist der Sand auch gar nicht gedacht.
M Hat der Mann dir etwa Süßigkeiten oder Geld gegeben?
S Gegeben nicht...
M Aber versprochen?
S Ja.
M Du sagst mir sofort, was er dir versprochen hat!
S Ich bekomme zwanzig Mark von ihm.
M Aha, so ist das. Und wofür bekommst du die zwanzig Mark? Heraus mit der Sprache!

S Wenn ich diesen Sand aus der Schlaftablettendose in unseren Plattenspieler streue.

— Licht aus! —

Die Alternative

Ort der Handlung: Wohnzimmer. Utensilien: ein leerer Koffer und diverse Kleidungsstücke
Spieler: ein Ehepaar (Mann = M, Frau = F)

M *(liest Zeitung)*
F Liebster, darf ich dich mal kurz in deiner Lektüre stören?
M Wenn es so eilig ist, ja, natürlich.
F Es handelt sich um die Nachbarn im Haus.
M Warum, was ist mit den Nachbarn?
F Die lachen alle über mich, sobald ich zur Haustüre hinausgehe.
M *(perplex)* Was sagst du da? Die Nachbarn lachen über dich, wenn...
F Ja, sie lachen über mich! Sie stehen hinter den Fenstern, deuten mit den Fingern auf mich und lachen.
M *(betrachtet seine Frau von oben bis unten)* Nun hör mal: Es ist doch wirklich nichts Lächerliches an dir! Du bist von Kopf bis Fuß o.k.!
F Das sagst du in deiner Naivität!
M Ja, um Himmels willen: Worüber lachen sie denn dann, diese albernen Nachbarn?
F Ganz einfach: Sie lachen über meine uralten Klamotten.
M Du meinst mit anderen Worten: Sie lachen über deine Kleider?
F Über die Kleider, Blusen, Röcke, Hosen, Jacken, Mäntel — einfach über alles, was ich anziehe und anhabe.
M Aber ich habe dir doch erst vor einem halben Jahr diese ganz tolle und moderne...
F Ganz richtig! Und eine Frau kann eben nicht im nächsten Jahr die gleichen Kleidungsstücke tragen, ohne von den Nachbarn verlacht zu werden. Ich kann mein gesamtes Zeug den Leuten von der Kleidersammlung mitgeben!

M *(legt die Zeitung weg, steht auf, holt einen leeren Koffer und beginnt, Kleidungsstücke einzupacken)*

F Was soll denn das nun wieder? Was packst du denn plötzlich den Koffer?

M Weil die Nachbarn über dich lachen. Hol deine Koffer und pack auch ein.

F Wieso denn das? Ich verstehe die Welt nicht mehr!

M Wir ziehen um, das kommt billiger.

— Licht aus! —

Der Thronfolger

Ort der Handlung: Wohnzimmer. Erforderliches Requisit: ein fahrbares Babykörbchen oder Kinderwagen. Evtl. Kassette mit Baby-Gequäke

Spieler: Herr Otto Mehringer (O), seine Frau Heidi (H), Herr Wiesmann, Chef von Herrn Mehringer (W)

(Das Ehepaar Mehringer ist sichtlich nervös)

H Otto, meinst du nicht, wir sollten heute das andere Kaffeeservice benutzen, wenn dein Chef schon mal zu uns...

O Mein Chef ist ein sehr vernünftiger Mensch, der keinen Firlefanz mag und keine Fisimatenten!

H Aber — wenn er schon einmal zu uns zu Besuch kommt...

O Heidi, bitte, mach mich jetzt nicht nervös mit deinen ständigen Veränderungsvorschlägen!

H Nun übertreibe bitte nicht! Ich habe einen einzigen Vorschlag gemacht mit dem Kaffeeservice. Du bist doch den ganzen Nachmittag schon nervös, nur weil einmal der Herr Dingsda zu Besuch kommt!

O Bitte, Heidi, das ist kein Herr Dingsda! Das ist der Herr Wiesmann, der Chef unserer Firma, und somit unser Brötchengeber.

H Ich weiß, ich weiß! Das sagst du mir nun zum soundsovielten Mal: Dein Chef, der Herr Wiesmann, ist ein sehr vernünftiger Mensch, der keinen Firlefanz und keine Fisimatenten mag.

O Liebe Heidi, wenn du das so genau weißt, weshalb rennst du dann immer noch mit dem Staublappen durch die Gegend?

H Lieber Otto, und weshalb läufst du seit über einer Stunde ständig über meinen frischgebohnerten Boden und den frischgesaugten Teppich?

O Mit anderen Worten: Du verbietest mir also auch noch die Bewegungsfreiheit in meinen eigenen vier Wänden?

H Willst du damit etwa sagen... *(Es läutet an der Wohnungstür)*

O Jetzt ist er da! So mach schon auf!

H Wieso ich? Du hast ihn doch eingeladen, oder?

O *(geht hinaus, kommt mit W zurück)* Darf ich Ihnen meine Frau Heidi vorstellen? Mein Chef, Herr Wiesmann —

W *(zu O)* Vergessen Sie heute bitte mal den ‚Chef'. Liebe Frau Mehringer, ich freue mich sehr, daß ich Sie endlich einmal kennenlerne!

H Ganz meinerseits, Herr Wiesmann. Und darf ich gleich zum Kaffee bitten?

W Das dürfen Sie gerne, Frau Mehringer. Aber zuvor möchte ich noch den kleinen Thronfolger besichtigen, zu dem ich Ihnen nachträglich noch gratuliere. Na, wo steckt denn das Babylein?

H Es ist nebenan im Kinderzimmer. Einen Augenblick, Herr Wiesmann, ich fahre es sogleich herein. *(Sie geht)*

W Na, Herr Mehringer, Sie haben aber wirklich eine reizende Frau und — wie mir scheint — eine ganz glückliche Ehe!

O Sie sagen es, Herr Wiesmann, Sie sagen es.

H *(kommt mit dem fahrbaren Babykörbchen. Man hört Baby-Gequäke)* Da ist er, unser Prinz, Herr Wiesmann.

W *(beugt sich über das Körbchen)* Na-na-na, du kleines, süßes Bübchen! Hübsch, ganz hübsch haben Sie ihn gebettet, Frau Mehringer.

O Herr Wiesmann, finden Sie nicht auch, daß er mir sehr ähnlich sieht, fast wie aus dem Gesicht geschnitten?

W Herr Mehringer, machen Sie sich deshalb keine Sorgen. Hauptsache, er ist gesund!

— Licht aus! —

Der Erfinder

Ort der Handlung: Büroraum im Patentamt (Tisch, zwei Stühle, evtl. Schild ‚Patentamt')
Spieler: der Büroleiter Reinert (R), der Erfinder Gneisl (G)

R *(nimmt einen von mehreren Zetteln, die auf dem Tisch liegen; geht zur Tür und öffnet sie — nötigenfalls pantomimisch)* Herr Gneisl, bitte!

G Hier! Mein Name ist Gneisl, Theobald Gneisl.

R Kommen Sie, Herr Gneisl! Und nehmen Sie bitte Platz. *(Er weist ihm einen Stuhl an)*

G Danke vielmals, Herr Patentamtmann.

R Bitte, keinen Titel, Herr Gneisl. Mein Name ist Reinert. Vergessen Sie also den Amtmann: einfach Reinert.

G Sehr wohl, Herr Reinert.

R Und Sie möchten also eine Neuheit, eine Erfindung, patentieren lassen. Darf ich wissen, in welchem Bereich?

G Im maschinellen Bereich gewissermaßen, Herr Reinert.

R Dann sind sie bei mir hier richtig. Also, Herr Gneisl, sagen Sie mir bitte zunächst ganz global, um was für eine maschinelle Erfindung es sich handelt.

G Um eine Haarschneidemaschine, Herr Reinert.

R Aha, eine Haarschneidemaschine. Sind Sie Frisör?

G Sehr wohl, Herr Reinert. Herrenfrisör, um es genau zu sagen.

R Herr Gneisl, wenn ich recht informiert bin, so gibt es doch eine ganze Anzahl von recht gut funktionierenden Haarschneidemaschinen im Fachhandel — ist da eine wirkliche Neuheit überhaupt noch möglich, ich meine eine Neuheit, die Sie als Patent anmelden können?

G Es handelt sich bei meiner Erfindung um eine automatische Haarschneidemaschine, Herr Reinert. Der Frisör ist dabei fast ganz entbehrlich. Er braucht das Gerät nur einzuschalten, sonst nichts.

R Mit anderen Worten: Sie haben eine vollautomatische Haarschneidemaschine erfunden. Ich kann mir das Ding zwar nicht vorstellen, aber wenn Sie diese Neuheit wirklich entwickelt haben, dann ist die Patentierung selbstverständlich äußerst sinnvoll, ja geradezu unerläßlich.

G Ich danke Ihnen sehr für Ihre Unterstützung meines Antrags.

R Und nun, Herr Gneisl, schildern Sie mir möglichst knapp, wie diese neue Haarschneidemaschine funktioniert.

G Sehr wohl, Herr Reinert. Also — das Ding sieht äußerlich aus wie — na, so ähnlich wie ein Globus aus Metall, eine metallene Kugel mit einer großen Öffnung. Und in diese Öffnung steckt der Kunde, der sich die Haare schneiden lassen will, seinen Kopf hinein.

R Aha. Und wie geht es nun weiter?

G *(beugt seinen Kopf etwas nach vorne und deutet an seine Stirnhaare)* Hier befindet sich ein rotierendes Messer, das schneidet die Haare da vorne.
(Er deutet auf den Hinterkopf) Und hier ist ein rotierendes Messer, das schneidet die Haare da hinten. Und hier rechts und links ist ein rotierendes Messer . . .

R Und diese Messer schneiden die Haare auf beiden Seiten.

G *(richtet sich wieder auf)* Sehr richtig, Herr Reinert.

R Ja — aber lieber Herr Gneisl: Jeder Mensch hat doch eine andere Kopfform!

G Vorher, Herr Reinert, vorher!

— Licht aus! —

Beim Zahnarzt

Ort der Handlung: Zahnarztpraxis. Da sich der Spielort aus dem Dialog ergibt, sind keine Versatzstücke erforderlich.
Spieler: der Zahnarzt (Z), die Patientin Sieler (S), Herr Körner (K)

Z So, liebe Frau Sieler, damit hätten wir's für heute. Ist doch gar nicht schlimm gewesen — oder?

S Nein, es war ganz schmerzlos. Ich sage ja immer: Sie sind der beste Zahnarzt der Welt.

Z Na, na, na, jetzt übertreiben Sie mal nicht so! Und sollten sich zu Hause doch noch Schmerzen einstellen, dann nehmen Sie eine dieser Tabletten, die ich Ihnen gab, aber mit reichlich Wasser — bitte nicht mit Milch — einnehmen.

S Ich werde mich exakt daran halten, Herr Doktor. Und nochmals vielen Dank!

Z Die Sprechstundenhilfe draußen gibt Ihnen den nächsten Termin. Auf Wiedersehn, Frau Sieler, und alles Gute!

S Auf Wiedersehn, Herr Doktor!

(S geht. Z wäscht sich pantomimisch die Hände — zum Publikum hin! — trocknet die Hände — ebenfalls pantomimisch — ab)

Z Der Nächste, bitte!

K *(tritt ein)* Guten Tag, Herr Doktor! Mein Name ist Körner.

Z Guten Tag, Herr Körner! Wie kann ich Ihnen helfen?

K Tja, Herr Doktor, es handelt sich vermutlich um mehrere kaputte Zähne, die gezogen werden müssen.

Z Nur keine Angst, Herr Körner! Wenn dem wirklich so ist, dann gebe ich in solchen Fällen stets eine Injektion . . .

K Wieso eine Injektion, Herr Doktor?

Z Na, Herr Körner, so ein ganz leichtes lokales Betäubungsmittel. Dann geht das alles völlig schmerzfrei.

K Aber Herr Doktor, das ist nun wirklich nicht nötig! Das belastet doch nur den Kreislauf und die Krankenkasse! Packen Sie doch einfach mit der Zange das Übel an der Wurzel!

Z Respekt, Herr Körner! So etwas von Mannsbild habe ich seit Jahr und Tag nicht mehr in meiner Praxis gehabt. Also, dann nehmen Sie bitte gleich hier hinten auf dem Behandlungssessel Platz.

K Wieso?

Z Was heißt ‚wieso'? Wir wollen doch mit der Behandlung beginnen!

K Aber Herr Doktor! Ich sollte doch nur unseren Abteilungsleiter* anmelden.

— Licht aus! —

** Statt „Abteilungsleiter" kann selbstverständlich ein anderer (aktueller) Berufsstand bzw. Name eingesetzt werden, z. B. Trainer, Vereinsvorstand, Hauptfeldwebel, Oberstudiendirektor, Jugendpfarrer etc.*

Wie rasch die Zeit vergeht!

Ort der Handlung: eine Gaststätte (Restaurant, Rasthaus, Gartenlokal)
Spieler: ein junger Mann namens Arthur (A), eine junge Dame namens Susi (S), eine weibliche Bedienung (B), der Geschäftsführer des Lokals (G)

(A und S sitzen an einem Tischchen)

A *(sieht auf die Armbanduhr)* Dauert ganz schön lange, bis man hier etwas zu essen bekommt.

S Aber Arthur — wer wird denn gleich ungeduldig sein! Du hast für uns beide ein Pfannengericht bestellt, und der Ober hat gleich gesagt, daß dies etwas länger dauert.

A Ja, ja — ich weiß: Von dieser miesen Tageskarte hätte ich bestellen sollen, dann wäre ich jetzt bereits 30 km weiter...

S Sag mal: Macht es dir denn gar keinen Spaß, daß wir auf diese Weise ein wenig länger miteinander plaudern und beisammensein können?

A Liebe Susi: Spaß hin, Spaß her! Vor 20 Minuten habe ich die Bestellung beim Ober aufgegeben, und mittlerweile komme ich mir vor, als ob ich überhaupt nicht existierte!

S Na hör mal: 20 Minuten für ein Pfannengericht — das ist doch ganz normal.

A Ich verstehe immer ‚normal'! Sag mal, Susi, bräuchtest du etwa 20 Minuten, wenn du mir zu Hause ein Pfannengericht...

B *(huscht vorbei)*

A Hallo Sie! Fräulein!

B Bedauere — ich bediene hier nicht. Hier bedient der Ober.

A Das ist ja wohl die Höhe! Ich beschwere mich! Ich verlange den Chef oder den Geschäftsführer, aber rasch!

B Wie der Herr wünschen. *(Sie huscht hinaus)*

S Eine Frage, Arthur: Du hast wohl nie Zeit in deinem Leben?

A Susi, bitte fang jetzt nicht an zu philosophieren! Hier geht es um Angebot und Nachfrage, um Zeit und Geld, um Kundendienst oder...

G Sie haben mich rufen lassen, verehrter Herr? Ich bin der Geschäftsführer des Hauses. Darf ich wissen, womit Sie unzufrieden sind?

A Unzufrieden? Das ist ja wohl eine feine Umschreibung für diese Bummelei hier in Ihrem Betrieb?! Seit 30 Minuten...

S Verzeihung: seit 23 Minuten...

A Paar Minuten hin oder her — seit einer geschlagenen halben Stunde warten wir hier vergeblich auf das bestellte Menü!

G War es der grauhaarige Ober dort drüben, der Ihre Bestellung entgegennahm?

A Ja glauben Sie denn allen Ernstes, ich präge mir von Ihren Bedienungen die Haarfarbe ein?

S Herr Direktor, es war tatsächlich der grauhaarige Ober dort drüben. Nur — als er die Bestellung entgegennahm, da war er noch blond.

— Licht aus! —

Ein schwieriger Fall

Spieler: Arzt (A), Patient (P)

A Also, Herr Mostner: Was kann ich für Sie tun?

P Herr Doktor, ich fühle mich insgesamt so elend.

A Darf ich zuerst einmal fragen, was Sie von Beruf sind?

P Parteivorsitzender, Herr Doktor.

A Hab ich mir beinahe gedacht. Die fühlen sich zur Zeit nämlich alle so elend. Aber wir müssen da schon schrittweise vorgehen: Welches sind Ihre schlimmsten Beschwerden?

P Der Kopf, Herr Doktor. Der dröhnt immerfort und ist — ja, wie soll ich sagen — der ist ewig wie aufgeblasen.

A Aha. Sie sind also Parteivorsitzender, und Ihr Kopf ist immer wie aufgeblasen. Ja, lassen Sie denn nie Luft ab?

P Aus dem Kopf?

A Genau das.

P Und wie geht das?

A Sich nicht so wichtig nehmen.

P Das sagen Sie so leicht, Herr Doktor. Wenn man das macht, ist man schnell vom Fenster weg.

A Und wo fehlt es noch?

P Im Arm. Starke Schmerzen im Arm.

A Im rechten oder im linken Arm?

P Das möchte ich Ihnen lieber nicht sagen, Herr Doktor, sonst erraten Sie meine Partei.

A Sie irren, Herr Mostner. Es kann z. B. links schmerzen, weil Sie rechts stehen, es kann aber auch rechts schmerzen, weil Sie linksorientiert sind.

P Und dann dieser häufige Schwindel.

A In der Partei?

P Das sowieso. Aber vor allem in meinem Kopf. Immer dieses Flimmern vor den Augen.

A Wird es Ihnen bisweilen schwarz vor den Augen?

P Genau das, Herr Doktor.

A Ja, Herr Mostner, die sehen heute alle schwarz, gleichviel, ob ihnen der rechte oder der linke Arm wehtut.

P Ja, aber kann man denn gar nichts dagegen unternehmen? Ich meine, Tabletten oder Dragees oder Tropfen oder Pillen oder Injektionen?

A Herr Mostner, wenn Sie mir nicht sagen, welcher Partei Sie vorstehen, kann ich Ihnen weder eine exakte Diagnose stellen, geschweige denn eine gezielte Therapie einleiten.

P Mit anderen Worten: Ich muß Ihnen meine Partei verraten.

A So ist es.

P Und kann hier auch niemand mithören?

A Sagen Sie mir den Namen Ihrer Partei ganz leise ins Ohr.

P *(geht zum Arzt, hält eine Hand an den Mund und wispert)*

A *(nachdenklich)* So, so. Tja, Herr Mostner, wenn das so ist, dann ist Ihnen leider nicht mehr zu helfen.

P Mit anderen Worten: Ihre ganzen Bemühungen waren umsonst.

A Umsonst? Na, dann warten Sie erst mal die Rechnung ab.

— Licht aus! —

Der Schmuggler

Ort der Handlung: eine Grenze zwischen zwei Ländern. — Wer eine Schlagbaum-Attrappe fabrizieren kann, hat das deutlichste Versatzstück. Es genügt jedoch auch eine Tülle mit Stange und dem Schild: ‚Zoll-Douane‘.

Spieler: zwei Grenzbeamte (G) in angedeuteter Uniform (Mütze!), ein Bauer (B) mit einem Schubkarren, in dem sich Sand befindet

1.G *(blickt angestrengt nach links. Hebt das Fernglas vor die Augen)*

2.G *(kommt von rechts, tippt seinem Kollegen auf die Schulter)* He, Kamerad, Ablösung!

1.G *(sieht auf die Uhr)* Pünktlich wie immer! *(Er übergibt das Fernglas)* Also dann — bis morgen. Mach's gut. *(Geht)*

2.G Schönen Abend noch! Wiedersehn!

1.G *(kommt nochmals zurück)* Was ich noch fragen wollte: Hast du das letzte Verordnungsblatt schon gelesen?

2.G Ach, nur so lala halt.

1.G Steht drin, daß in letzter Zeit genau hier an unserem Grenzübergang viel geschmuggelt wird.

2.G Womit?

1.G Keine Ahnung, steht nicht drin. Nur — manchmal kommt mir der eine Bauer da verdächtig vor.

2.G Der immer mit dem Schubkarren voll Sand hier durchpassiert?

1.G Genau der. Aber — ich habe ihn schon mehrmals den ganzen Sand ausladen lassen: Es ist nichts drin. Und Sand ist zollfrei. Und doch habe ich immer das mulmige Gefühl — naja, lassen wir's für heute. Wiedersehn! *(Geht nach rechts ab)*

2.G Wiedersehn auch. Und komm gut heim! *(Er hält das Fernglas an die Augen. Ruft nach rechts)* Da kommt er schon wieder!

1.G *(von draußen)* Filz ihn gut durch! Vielleicht kommst du dahinter!

2.G *(nimmt das Fernglas ab und wartet ein wenig)* So, fahren wir wieder einmal Sand über die Grenze?

B *(kommt mit seinem Schubkarren, fährt bis zur Mitte des Spielraums)* Ja, Herr Zolloberinspektor. Wieder Sand, reiner Sand, garantiert zollfrei!

2.G Na, dann wollen wir heute mal der Sache auf den Grund gehen. Also: In diesem Schubkarren hier ist ausschließlich Sand?

B Sowahr mir Gott helfe: nur Sand!

2.G Man soll Gott nicht beschwören, wenn man ein schlechtes Gewissen hat.

B Aber wo es doch wirklich nur Sand ist!

2.G *(nimmt einen langen starken Draht und stochert in dem Sand)* Da ist nichts — und da ist nichts — und hier ist auch nichts — also: Du schmuggelst sehr raffiniert! Hosentaschen umdrehen!

B *(dreht die leeren Hosentaschen nach außen)* Aber Herr Oberinspektor: Wer wird denn so primitive Methoden bei mir vermuten!

2.G Und in der Jacke?

B *(zeigt auch hier die Taschen vor)* Da nichts und da nichts und da — ja — hier natürlich: der Paß!

2.G Mit anderen Worten: in der Jacke auch nichts.

B *(nimmt den Hut ab)* Und im Hut auch nichts.

2.G *(geht stumm auf und ab. Dann stellt er sich ganz nahe zum Bauern hin)* Lindenbauer, ich mach dir ein Angebot. Ein ganz faires Angebot: Ich verspreche dir bei meiner Ehre, daß ich nichts weitersage und keinerlei Gebrauch davon mache, wenn du mir verrätst, wie und was du alle paar Tage hier über die Grenze schmuggelst.

B Und Sie sagen auch dem anderen nichts, dem Inspektor da, der vorher Dienst hatte?

2.G Kein Sterbenswörtchen! Also — jetzt raus mit der Sprache: Was schmuggelst du?

B Schubkarren, Herr Oberinspektor.

— Licht aus! —

Sketsche

Bereits das englische Wort ,,sketch" = Skizze, Entwurf, deutet an, daß es auch hier — wie beim Blackout — nicht um einen literarischen Theatertext, sondern (zumeist) um ein Angebot geht, mit dem man improvisieren darf. (Wir gebrauchen in diesem Buch stets die eindeutschende Schreibweise ,,Sketsch".)

Auch der Sketsch besteht — wie der Blackout — aus einer einzigen ,,Szene", d. h. einem einzigen Handlungsort (= Einakter). Die Spielweise und die Dialoganlage lassen jedoch zahlreiche Variationen zu, u. a.:

— einen spannenden bzw. irreführenden Dialog mit einer gezielten Pointe als Schluß. Ein solcher Sketsch ist eigentlich ein Blackout, der jedoch eine längere Hinführung zur Schlußpointe benötigt. Das ist auch der Grund für die Tatsache, daß die Grenze zwischen Blackout und Sketsch nicht immer scharf gezogen werden kann;

— eine ,,Kumulation" von Pointen, d. h. eine rasche Abfolge von unerwarteten verbalen Gags, die nur durch die notwendigsten Überleitungen verbunden werden;

— den zeitkritischen Sketsch, der einen aktuellen Mißstand — zumeist überzogen bzw. grotesk — anprangert;

— die Sonderform der ,,Valentiniade", benannt nach dem Münchener Komiker Karl Valentin (Pseudonym; eigentlicher Name Valentin Ludwig Fey, 1882-1948), der verbale Verständnisschwierigkeiten mit hintergründig-philosophischem Humor verband.

Wir bringen in diesem Buch zunächst fertig ausgearbeitete Sketsche, in denen die ,,Spielfunktionen" deutlich erkennbar sind:

— die Funktion der Rolle (Wer bin ich? — Wen habe ich darzustellen?);

— die Funktion des Ortes (Wo bin ich? — Wo spielt sich die Handlung ab?);

— die Funktion der Handlung (Wie läuft die Handlung bzw. das Gespräch ab? — Auf welche Pointe(n) zielt sie hin?).

Darüber hinaus werden Spielskizzen angeboten, die zur endgültigen Fassung eines Sketsches anregen wollen: Dialoge ohne detaillierte Rollen- bzw. Ortsangaben, sowie spielbare Kurzgeschichten, die sich als gute Grundlagen für einen Sketsch erwiesen haben. Mit diesen zusätzlichen Anregungen möchten wir den Weg von der fertigen Spielvorlage zur selbsterstellten Kurzszene aufzeigen.

Der Vertreter

Ort der Handlung: eine Bauernstube. Als Szenerie-Andeutung genügen ein rustikaler Tisch und zwei entsprechende Stühle, evtl. eine Petroleumlampe auf dem Tisch.
Spieler: eine Bäuerin (B), die ihre Rolle in der Mundart der betreffenden Aufführungsgegend sprechen sollte,
ein Staubsauger-Vertreter (V)

(Man hört ein Auto herankommen — Kassettenaufnahme — und vor dem Haus halten. Die Wagentüre wird zugeschlagen, kurz darauf auch die Kofferraumhaube.)

B *(strickt. Hört das Auto. Legt das Strickzeug weg und blickt nach links. Es klopft)* Herein!

V *(tritt ein. Er trägt einen Koffer, in dem sich ein Staubsauger befindet)* Einen recht schönen guten Tach . . .

B Mach die Tür zu, es zieht.

V *(schließt — pantomimisch — die nicht vorhandene Türe)* Wünsche einen guten Tach und verbinde meinen Gruß mit der Frage: Ich bin doch hier im privaten Landwirtschaftsbetrieb der Familie Ametsreiter?

B Ja, so heißen wir.

V Großartig! Und so idyllisch gelegen!

B Red' nicht so geschwollen. Was willst? *(Sie strickt wieder)*

V Liebe Frau Ametsreiter: Ich weiß, Sie haben es schwer im Leben: das Vieh im Stall, die Kindererziehung, vor allem natürlich die tägliche Hausarbeit — alles sauber halten, alles putzen, waschen, kehren, abstauben . . .

B Ja, und einen Mann auch noch.

V Zweifelsohne! Auch der verehrte Herr Gemahl ist in unsere Überlegungen mit einzubeziehen.

B Der 'verehrte Herr Gemahl' — daß ich nicht lache!

V Und es könnte vieles so einfach sein, viel einfacher, Sie könnten Zeit haben für den Mann, für die Kinder und für's Häkeln —

B Ich häkle nicht, ich stricke!

V Für's Stricken natürlich. Kein Abstauben, kein Fegen, kein Klopfen und Wischen mehr —

B Wieso nicht?

V Sehen Sie, liebe Frau Ametsreiter: Deshalb bin ich heute zu Ihnen gekommen: Ich führe Ihnen jetzt — selbstverständlich völlig unverbindlich — den allerneuesten, mit allen Zusatzteilen versehenen Staubsauger vor. Eine Sekunde Geduld! *(Er öffnet den Koffer und nimmt den Staubsauger heraus)*

B Ich glaube, da machst du dir eine ganz unnütze Arbeit.

V Hier ist das Wundergerät, Frau Ametsreiter, leicht zu handhaben, zwei Jahre Garantie...

B Ja, und was soll ich damit anfangen?

V Beste Frau Ametsreiter! Aller Anfang ist leicht, ist kinderleicht! Ich zeige es Ihnen jetzt an einem Beispiel ganz anschaulich *(er nimmt einen mit Abfällen gefüllten Plastikbeutel aus der Tasche)*. Hier in diesem Beutel habe ich alles, was auch bei Ihnen so als Unrat abfällt: Staub, Stallmistreste, die an den Schuhen haften blieben, Zigarettenasche, Katzenhaare und so weiter und so weiter.

B Und was willst du mit dem Dreck?

V Den schütte ich hier mitten auf den Boden Ihrer guten Stube.

B Das läßt du gefälligst bleiben!

V Frau Ametsreiter — so wahr ich hier stehe: Wenn dieser Staubsauger nicht den gesamten Schmutz, den ich hier in Ihre Stube schütte *(er tut's)*, wenn der besagte Staubsauger das alles nicht blitzschnell aufsaugt, dann esse ich den gesamten Dreck persönlich auf.

B *(legt das Strickzeug ab und geht nach rechts)*

V He! Frau Ametsreiter, wieso gehen Sie?

B Ich muß in die Küche.

V Wieso denn gerade jetzt?

B Einen Löffel holen.

V Wieso einen Löffel?

B Damit du den ganzen Dreck hier aufessen kannst. Bei uns ist nämlich der Strom ausgefallen.

— Licht aus! —

Gipfelglück

Ort der Handlung: Berggipfel, angedeutet durch einige große Steinbrocken bzw. Attrappen
Spieler: ,,Er" und ,,Sie" in Bergwanderer-Kleidung. Er mit Rucksack und Feldstecher

(Beide kommen mit langsamen Schritten und sehr müde am Gipfel an.)

Er Siehst du: Wir haben's doch geschafft.

Sie Die letzten fünfzig Meter waren ganz schön steil.

Er Und jetzt stehen wir also auf dem Gipfel der östlichen Karfunkelspitze.

Sie Ein ganz herrliches Gefühl!

Er Aber nun machen wir erst mal die verdiente Rast und trinken einen herzhaften Schluck. *(Sie setzen sich auf die Steine, er nimmt den Rucksack ab, öffnet ihn und entnimmt eine Thermosflasche samt Becher.)*

Sie Ich schließe mich den Ausführungen meines Vorredners gerne an.

Er *(gießt das Getränk in den Becher und reicht ihr das Trinkgefäß)* Auf unser Gipfelglück!

Sie *(trinkt, setzt ab, sieht ringsum in die Ferne)* Herrlich, dieses Panoptikum!

Er Entschuldige: Du meinst dieses Panorama.

Sie Wieso plötzlich Panorama? Das hat doch seit eh und je Panoptikum geheißen.

Er Ein Panorama ist ein Rundblick, so, wie wir ihn hier vor uns haben. Und ein Panoptikum ist ein Wachsfigurenkabinett. Und hier auf dem Berggipfel gibt es nun mal keine Wachsfiguren.

Sie Wie du meinst. Du weißt ja immer alles besser. Aber kannst du mir nun die einzelnen Berge dieser Pantomime nennen?

Er Panorama, nicht Pantomime! Bitte, Liebste: Eine Pantomime ist ein darstellendes Spiel ohne Worte. Hier haben wir einen Rundblick, und der heißt nun einmal Pan-, äh, Pan-

Sie Siehst du, jetzt weißt du selbst nicht mehr, wie der Rundblick heißt. Er heißt Bandonium!

Er Aber Kindchen, das ist doch wieder etwas ganz anderes. Und außerdem heißt das nicht Bandonium, sondern Bandonion oder auch Bandoneon. Und das ist ein Musikinstrument!

Sie So? Na, dann erkläre mir mal den Unterschied.

Er Den Unterschied zwischen was?

Sie Aha! Nun weißt du also selbst nicht einmal den Unterschied!

Er Ich stelle fest: Du hast zuletzt von einem Bandoneon gesprochen, und das ist eine Ziehharmonika und hat nicht das mindeste mit dem Panorama hier zu tun.

Sie Du mußt von diesem langen Aufstieg total übermüdet sein.

Er Wieso das?

Sie Weil du nun selber alles durcheinander bringst: Jetzt nennst du den Rundblick ein Panoptikum!

Er Habe ich das wirklich gesagt? Gut, es kann sich schließlich jeder einmal versprechen, oder nicht?

Sie Selbstverständlich! Nehme ich dir ja auch gar nicht übel. *(Reicht ihm den Becher)* Trink mal, wird dir gut tun.

Er *(trinkt)*

Sie Also: Du kennst die Berge reihum. Nun erkläre mir mal dieses wunderschöne Panoptikum.

Er Ich werde verrückt! Der Rundblick hier ist kein Panoptikum, sondern ein Panorama!

Sie *(lacht schallend)* Ein Panorama! Und gerade vorhin war es noch dein Bandonium!

Er Das war nicht m e i n, sondern d e i n Bandonium, das im übrigen Bandonion bzw. Bandoneon heißt!

Sie Ätsch, das ist eine Ziehharmonika und hat gar nichts mit diesem Rundblick, mit diesem Parabol da zu tun.

Er Nein, nein und nochmals nein! Dieser Rundblick ist auch kein Parabol, sondern ein Panorama. Und damit Schluß jetzt mit diesem Palaver!

Sie Nur eine ganz kleine und bescheidene Frage noch: Ist ein Palaver ein Rundblick oder eine Ziehharmonika?

Er *(steht schweigend auf, nimmt das Fernglas und blickt damit in die Berge = in das Publikum)*

Sie *(nach einer kurzen Stille)* Na, hast du jetzt alles gesehen mit deinem Spektroskop?

Er Das ist kein Spektroskop, meine Liebe. Ein Spektroskop ist nämlich ein Gerät zur Messung von Wellenlängen. Und dies hier ist ein ganz gewöhnlicher Feldstecher.

Sie So, ein ganz gewöhnlicher Feldstecher ist das. Nur, weil du beim Bund ein ganz gewöhnlicher Feldwebel warst, nennt man das Spektroskop jetzt Feldstecher.

Er *(packt die Thermosflasche in den Rucksack)* Ich glaube, es ist an der Zeit, wieder abzusteigen.

Sie Aha! So also geht das! Ich steige mit dir da stundenlang den Berg herauf und darf mir nun das ganze Panoptikum nicht ein einziges Mal — und wenn auch noch so kurz — mit dem Spektroskop betrachten.

Er Aber ja! Aber selbstverständlich! Hier hast du das Spektroskop und damit betrachtest du in aller Ruhe das gesamte Bandonium!

Sie Sieh mal einer an! Man braucht nur Geduld und Ausdauer, dann lernst selbst du noch Deutsch.

— Licht aus! —

Tischgespräche

Ort der Handlung: Wohnzimmer (gedeckter Tisch, vier Stühle)
Spieler: Familie Burger: Mutter Adelgunde (A), Vater Oswald (O), Tochter Barbara (B), Barbaras Freund Dieter (D)

(Alle sitzen am Tisch, das Essen geht bereits dem Ende entgegen. Frau Burger trägt im Laufe der nachfolgenden Szene das Geschirr ab und serviert das Dessert.)

B Muttilein, nun bleib doch auch mal sitzen und renn nicht dauernd in die Küche hinaus. Es eilt doch nichts!

A Wer soll denn das Geschirr abtragen und für den Nachtisch sorgen?

B Ach, ihr mit euerem Etepetete! Das Geschirr steht doch gut hier auf dem Tisch, es beißt doch keinen —

O Barbara, nun laß mich bitte auch einmal zu Wort kommen!

B Papilein, ich bin überrascht! Du möchtest auch etwas zur Unterhaltung beitragen?

O Meine liebe Tochter Barbara: Wenn wir — ich meine deine Mutter und mich —, wenn wir also schon einmal das Glück haben, hier in unserem Haus deinen Verlobten bei Tisch . . .

B (lacht schallend) ,,Verlobten''! Dieter, was sagst du zu meinem ulkigen Pabusch?

D Barbilein, bitte zeig etwas mehr Verständnis für die ältere Generation.

B Nun fang du bloß nicht wieder zu moralisieren an!

O Schön, vergessen wir den ,,Verlobten''. Aber nun sage mir jemand aus der jungen Generation in einfacher und verständlicher Sprache, wie ich unseren Herrn Gast hier ansprechen darf.

B Aber Papilein, mach's doch nicht so kompliziert! Das ist der Dieter, und du sagst einfach Dieter zu ihm. Ist das verständlich?

O Gut, dann erlaube ich mir, Herr Dieter zu Ihnen zu sagen.

B Aber Papi . . .

O Ich weiß, ich bin altmodisch, von gestern beziehungsweise von vorgestern. Aber ich habe eben etwas gegen die vorschnelle Duzerei. Wie viele haben holterdiepolter auf „Du" gemacht und waren sich kurze Zeit darauf wieder total fremd oder gar per „Sie". Siehst du, mein Töchterlein: Das nennt man Lebenserfahrung.

B Sag mal Papi: Du hast doch die Mami auch einmal irgendwann und irgendwo kennengelernt. Vielleicht in einem Tanzcafé oder im Kino — oder vielleicht auch hinter einem Fliederstrauch...?

O Barbara, ich bitte doch sehr!! Hinter einem Fliederstrauch! Das ist doch nun wirklich...

B Papilein, nun zier dich doch nicht so. Es kann ja auch ein Holunderstrauch gewesen sein.

O Adelgunde — hast du zu den Ausführungen deiner Tochter gar nichts zu sagen?

A Doch. Es war im Schrebergartenhäuschen deiner Eltern. *(Riesengelächter)*

O Bitte sehr, ich gestehe: Es war im Schrebergartenhäuschen meiner Eltern. Aber in allem Anstand und in aller Gesittung.

D Entschuldigen Sie, Herr Burger: Was ist Gesittung? Das interessiert mich sehr.

O Gut, daß Sie mir diese Frage stellen, Herr Dieter. Ich fasse mich kurz: Gesittung ist all das, was w i r noch hatten und was der heutigen Jugend mangelt beziehungsweise total abzugehen scheint.

B Papi, du blamierst dich heute wieder, so gut du kannst.

D Herr Burger, ich glaube zu verstehen: Gesittung hängt mit Sitte zusammen. Und Ge-sittung ist gegen die herkömmliche Sitte, gewissermaßen anti. — Barbilein: Dein Vater ist doch der modernste, der aufgeschlossenste Mensch, den ich in diesem Distrikt kennenlernte.

O Hast du das gehört, Barbara! Dein Vater ist der modernste, der aufgeschlossenste Mensch und so weiter. Herr Dieter, ich danke Ihnen für diese Anerkennung.

A Nun werde deshalb bloß nicht überheblich, Oswald. Du hast doch genau gehört, daß du nur in diesem Distrikt für so modern und aufgeschlossen erachtet wirst.

O Richtig. Wieso eigentlich Distrikt? Herr Dieter, wie kommen Sie auf diese seltsame Eingrenzung?

D Nun — ich habe eben nur die Übersicht über einen relativ kleinen Distrikt, so im Anfangsstadium als Gerichtsreferendar.

O Habe ich richtig gehört: Sie sind...

B Ja, Papi, du hast richtig gehört: Der Dieter ist Gerichtsreferendar.

O Und Sie sind der Verlobte meiner Tochter Barbara?

B Nein, Papilein, wir sind nicht verlobt! Wir sind befreundet. Aber den Unterschied wirst du wohl nie kapieren.

O Nein, kapiere ich nie. Ich passe.

A Herr Dieter, darf ich fragen, ob Sie auch einigermaßen angenehm wohnen?

D Danke, Frau Burger, ich bin zufrieden.

B Er hat ein hübsches Mansardenzimmer, selbst tapeziert, und einen brandneuen Fernseher.

A Hoffentlich ein gutes Gerät?

D Naja, vierzig mal sechzig.

O Bildschirmgröße?

D Nein, Monatsraten.

B Hast du das gehört, Papilein? Das ist Gesittung!

A Und wer kocht Ihnen das Essen?

B Stell dir vor, Muttilein: Er kocht sich das Essen sehr oft selbst! Nach einem Kochbuch.

D Ja, es ist ein sehr gutes Kochbuch. Aber zu anspruchsvoll, so daß ich die meisten Rezepte nicht ausprobieren kann.

A Weshalb denn nicht? Sind sie so kompliziert?

D Nein, das eigentlich nicht. Aber viele Rezepte beginnen mit dem Satz: Man nehme eine saubere Schüssel . . . *(Gelächter)*

O Dafür habe ich Verständnis, Herr Dieter.

D Und ich, liebe Frau Burger, habe allen Grund, mich bei Ihnen sehr herzlich zu bedanken: Ein so köstliches, ein so exquisites Essen habe ich seit Jahren nicht mehr gehabt.

O Dieter, ich auch nicht!

— Licht aus! —

Beim Arzt

Ort der Handlung: Behandlungsraum. Tisch, zwei Stühle. Eßlöffel, Taschenlampe

Spieler: Arzt (A) weißer Mantel, Stethoskop,
Patient Wachinger (W), gut beleibt

A *(schreibt, legt das Schreibzeug weg, nimmt Papiere in die Hand und liest kurz; legt die Papiere auf den Tisch, steht auf und öffnet die Tür)* Herr Wachinger, bitte!

W *(tritt ein)* Guten Tag, Herr Doktor.

A Guten Tag, Herr Wachinger. Bitte, nehmen Sie Platz. *(Beide setzen sich.)* Wo fehlt es, Herr Wachinger?

W Herr Doktor, die Sache ist so: Ich war bei einem Heilpraktiker, aber der konnte mir nicht helfen.

A *(verärgert)* So, bei einem Heilpraktiker. Und welchen Unfug hat Ihnen dieser Heilpraktiker verordnet?

W Er hat gesagt, ich soll zu Ihnen gehen.

A Soso. Hat er gesagt. Na, dann sagen Sie mal, wo's fehlt.

W Ich fange mit der peinlichsten Sache an, Herr Doktor: Ich rede laut im Schlaf.

A Aha, und das stört Ihre Frau Gemahlin?

W Nein, das weniger. Aber im ganzen Büro lachen sie bereits über mich.

A Ich verstehe. Sie fühlen sich also übermüdet?

W Sie sagen es, Herr Doktor.

A Wie lange schlafen Sie denn so täglich?

W Bestenfalls zweieinhalb Stunden, Herr Doktor.

A Das ist natürlich viel zu wenig!

W Ja, aber dafür schlafe ich nachts an die acht bis neun Stunden.

A Strecken Sie mal beie Arme waagrecht nach vorne aus. — Ja, richtig. Und nun bitte die Finger beider Hände spreizen. — Aha, Ihre Hände zittern. Trinken Sie — ich meine Alkohol?

W Sehr liebenswürdig. Einen Cognac, wenn ich bitten darf.

A Sie mißverstehen mich! Ich hatte Ihnen nichts zu trinken angeboten, sondern Sie gefragt, ob Sie zu Hause oder in Lokalen reichlich Alkohol zu sich nehmen?

W Herr Doktor, ich verschütte ja das meiste, weil ich so zittere.

A Wie viele Gläschen sind es — ich meine trotz des Verschüttens — so tagaus, tagein?

W Herr Doktor, eine Gegenfrage: Ist Ihre Türe schalldicht? Meine Frau wartet nämlich draußen auf mich.

A Dann kann ich Ihnen die Antwort ersparen. Herr Wachinger, wissen Sie eigentlich, daß der Alkohol das Leben verkürzt?

W Aha, deshalb vergeht die Zeit an der Theke immer so schnell!

A *(nimmt einen Löffel und eine Taschenlampe)* Machen Sie bitte mal den Mund auf und strecken Sie die Zunge weit heraus. *(Er geht zu*

W hin, hält die Zunge mit dem Löffelstiel fest und leuchtet in den Mund des Patienten.) Aaaah sagen.

W Aaaaah!

A Ich muß Ihren Hals mit Silbernitrat pinseln.

W Nehmen Sie ruhig Goldnitrat, Herr Doktor. Am Geld soll's nicht liegen!

A Jetzt machen Sie bitte den Oberkörper frei.

W *(macht den Oberkörper frei)*

A *(steht auf und geht zu W)* Herr Wachinger, mir scheint, Sie könnten mal wieder ein Bad vertragen.

W Aber Herr Doktor, ich nehme jeden Tag ein Wannenbad!

A So? Dann sollten Sie vielleicht einmal das Wasser wechseln. — Und wovon haben Sie hier diese Narbe?

W Da bin ich einmal von einer Leiter gefallen.

A Hoch?

W Nein, tief.

A Und zu dick sind Sie auch! Davon kommt Ihre Müdigkeit!

W Ja, aber was soll ich denn dagegen tun, Herr Doktor?

A Mehr Bewegung, Gymnastik!

W Also Kniebeugen und so?

A Nein, Kopfschütteln, wenn Ihnen ein Nachtisch angeboten wird. Und vor allem eines: F. d. H.!

W F. d. H. — was heißt denn das?

A Friß die Hälfte, heißt das. Und im übrigen können Sie sich wieder anziehen. *(Er setzt sich und schreibt.)*

W *(während des Ankleidens)* Herr Doktor, wollen Sie mich nicht vorsichtshalber durchleuchten?

A Ist nicht nötig, Herr Wanninger. Ich habe Sie bereits durchschaut.

W Herr Doktor, darf ich noch eine letzte Frage stellen?

A Bitte sehr, um was geht es?

W Hätten Sie das „Friß die Hälfte" auch zu einem Privatpatienten gesagt?

A Ja, auch zu einem Privatpatienten. Aber lateinisch. Und hier haben Sie das Rezept. Täglich drei Kapseln nach den Mahlzeiten.

W Mach ich, Herr Doktor.

A Und vor allem: Aufregungen vermeiden! Keine Aufregung!

W Herr Doktor, dann bitte ich Sie vor allem, mir keine Rechnung zu schicken.

— Licht aus! —

Das feine Restaurant

Ort der Handlung: Restaurant. Zwei Tischchen mit Tischtüchern, je ein Stuhl
Spieler: Ober (O), ein Herr (H), eine Dame (D), ein Gast (G)

H *(tritt ein)* Herr Ober!

O *(kommt sogleich)* Mein Herr, Sie wünschen?

H Ich gebe Ihnen bereits vor der Bestellung ein anständiges Trinkgeld. *(Er überreicht dem Ober — deutlich sichtbar — einen Geldschein.)*

O Besten Dank, mein Herr, vielen Dank.

H Und nun weisen Sie mir ein besonders gutes Plätzchen in Ihrem Restaurant zu und empfehlen Sie mir etwas Exquisites!

O In diesem Fall empfehle ich Ihnen *(mit Flüsterstimme),* ein anderes Restaurant aufzusuchen.

H Danke. *(Er geht)*

D *(rauscht herein)*

O Guten Tag, gnädige Frau. Sie haben noch die Wahl: das Tischchen hier oder das da drüben.

D Ich nehme das Tischchen da drüben.

O Bitte sehr, gnädige Frau. Hier die Speisekarte.

D Danke. Und bringen Sie mir bitte recht rasch ein Würstchen mit Senf.

O Sehr wohl, gnädige Frau: ein Würstchen mit Senf. *(Er wendet sich zum Gehen)*

D Herr Ober!

O *(kommt zurück)* Gnädige Frau?

D Herr Ober, das Tischtuch ist ja voller Flecken! Werden denn die Tischtücher in diesem Restaurant nicht gewechselt?

O Madame, da bin ich leider überfragt. Ich bediene erst seit drei Monaten hier. *(Er geht.)*

G *(betritt das Lokal, legt Mantel etc. ab, setzt sich ans andere Tischchen)*

O *(kommt mit Papierserviette und Besteck und legt beides der Dame auf das Tischchen. Dann eilt er zum neuen Gast.)* Guten Tag, mein Herr. Hier die Speisekarte, bitte.

G Haben Sie klare Ochsenschwanzsuppe?

O Sehr wohl, mein Herr. Eine klare Ochsenschwanzsuppe. *(Er eilt hinaus, kommt sogleich wieder zurück und stellt der Dame einen*

Teller und einen Senftopf auf das Tischchen.) Bitte sehr, gnädige Frau.

D Aber Herr Ober! Der Teller hat ja einen Sprung!

O Verzeihung, gnädige Frau, Sie irren. Das ist kein Sprung im Teller, das ist das Würstchen. *(Er eilt in die Küche und bringt sogleich dem Gast die Suppe.)* Bitte sehr, der Herr, klare Ochsenschwanzsuppe.

D Herr Ober!

O *(eilt zur Dame)* Bitte sehr, gnädige Frau.

D Herr Ober, auf der Karte hier steht ‚Kaviar'. Was ist das, bitte?

O Das sind Stör-Eier, gnädige Frau.

D Sieh mal an! Dann bringen Sie mir bitte zwei Stück, vier Minuten gekocht.

O Ich werde mein Möglichstes versuchen, gnädige Frau. *(Er eilt zum Gast)* Mein Herr, darf ich Sie darauf aufmerksam machen: Suppe ißt man für gewöhnlich nicht mit dem Messer.

G Ich weiß, ich weiß. Aber ich vermisse die Gabel.

O Vielleicht versuchen Sie es ausnahmsweise einmal mit dem Löffel hier.

D Herr Ober!

O *(eilt zur Dame)* Bitte sehr, gnädige Frau.

D Ich habe es mir anders überlegt: Lassen wir die Stör-Eier und bringen Sie mir die Tagessuppe.

O Sehr wohl, gnädige Frau, die Tagessuppe.

G Herr Ober!

O *(eilt zum Gast)* Bitte sehr, der Herr?

G Sagen Sie mal: Soll das etwa Ochsenschwanzsuppe sein?

O Sehr wohl, der Herr, das ist Ochsenschwanzsuppe.

G Nein, das ist eine leere Brühe, ohne ein einziges Bröckelchen Ochsenschwanz darin!

O Darf ich fragen, mein Herr: Haben Sie jemals Russische Eier gegessen mit einem einzigen Bröckelchen von einem Russen darin? *(Er eilt hinaus, kommt sogleich mit der Tagessuppe zurück und stellt sie der Dame auf den Tisch.)*

G Herr Ober!

O *(eilt zum Gast)* Bitte sehr, der Herr?

G Der Hund dort drüben schaut unentwegt auf meine Suppe!

O Ihre Suppe interessiert den Hund nicht, mein Herr. Sie erhielten nur versehentlich seinen Teller.

D Herr Ober!

O Gnädige Frau?

D In meiner Suppe ist eine Nadel!

O Gnädige Frau, das ist ein Tippfehler auf der Speisekarte. Es müßte ‚Nudel‘ heißen.

G Herr Ober, zahlen!

O Sehr wohl, der Herr. *(Er schreibt die Rechnung und reicht sie dem Gast)*

G *(während des Zahlens)* Herr Ober, könnte ich vielleicht eine leere Dose aus der Küche haben?

O Darf ich fragen, wofür?

G Ich möchte den Rest der Ochsenschwanzsuppe mit nach Hause nehmen.

O Für die Frau Gemahlin?

G Nein — als Tapetenkleister.

— Licht aus! —

Mathematische Probleme

„Du Papi!“

„Ja?“

„Darf ich dich beim Zeitunglesen stören?“

„Du darfst. Du darfst mich immer stören, wenn du eine Frage hast. Also: Wo drückt der Schuh?“

„Kannst du mir sagen, was eine Parallaxe ist?“

„Das ist eine schwere Krankheit. Aber — wieso mußt du das wissen?“

„Das verlangt unser Mathe-Lehrer.“

„Der Mathe-Lehrer? Wieso der Mathe-Lehrer?“

„Ja, und wir sollen die Parallaxe näher beschreiben.“

„Die Parallaxe gehört doch überhaupt nicht in die Mathematik!“

„Aber ich muß etwas darüber schreiben!“

„Gut, dann schreibe: Die Parallaxe ist eine Gehirnerweichung, die zumeist durch eine Geschlechtskrankheit namens Syphilis hervorgerufen wird — sieh im Duden nach, wie man Syphilis schreibt — und an der Nietzsche gestorben ist. Alles klar?“

„Ich weiß zwar nicht, was der Nietzsche mit der Mathe-Aufgabe zu tun hat, aber ich schreibe es mal so hin.“

,,Richtig. Und wenn du wieder einen Kummer hast, komm zu Papi, dafür ist der ja schließlich da."

(Kurze Stille)

,,Du, Papi!"

,,Frag schon, ich bin auf alles gefaßt."

,,Weißt du, was ein Sextant ist?"

,,Nun wird es mir aber wirklich zu dumm! Was hat denn dieser euer Mathe-Lehrer mit der Aufklärung zu tun?"

,,Aber Papi! Die Aufklärung war doch im 18. Jahrhundert! Und die wird nicht in der Mathe durchgenommen, sondern in der Sozialkunde."

,,Ach so, du meinst diese geschichtliche Epoche. Aber die gehört doch nicht in die Sozialkunde, sondern in den Geschichtsunterricht!"

,,Papi, das ist doch alles beisammen: Geschichte, Sozialkunde und Verkehrserziehung."

,,Aha, Verkehrserziehung! Nennt man das jetzt s o ?"

,,Was nennt man s o ?"

,,Ist schon gut. Mach du nun weiter an deiner Mathe-Aufgabe und laß mich in Ruhe meine Zeitung lesen."

(Kurze Stille)

,,Jetzt hab ich's gefunden, Papi."

,,Was hast du gefunden?"

,,Was ein Sextant ist."

,,Und was ist das?"

,,Ein Sextant ist ein Instrument zum Winkelmessen."

,,So, zum Winkelmessen."

,,Ja, und die Parallaxe ist der Winkel von zwei Geraden, die auf einen Punkt zugehen."

,,Aha. Na, dann arbeite mal schön weiter."

,,Entschuldige, Papi — aber ich muß dich noch etwas fragen."

,,Frag, mein Sohn, frag deinen Papi, was immer es auch sei. Ich bin ja nicht nur der geduldigste Papi auf dieser Welt, sondern auch ein wandelndes Lexikon."

,,Weißt du, was ein Term ist?"

,,Na, endlich mal eine anständige Frage. Nur heißt das Wort nicht Term, sondern Therme. Und die Thermen waren die Warmbäder im antiken Rom."

,,Aber die passen ja gar nicht in meine Mathe-Aufgabe hinein!"

,,So, die passen nicht hinein? Dann soll dein Mathe-Lehrer gefälligst die Finger von Themen lassen, die nicht in sein Fach gehören."

(Kurze Stille)
,,Papi!"
,,Frag, gleichgültig, um was es diesmal geht."
,,Kannst du mir ganz kurz erklären, was das Sexagesimalsystem ist?"
,,Ja Himmeldonnerwetter! Gibt dieser Mathe-Lehrer nun Mathematik oder — du weißt schon, was ich meine!"
,,Das Sexagesimalsystem muß irgend etwas mit der Zahl 60 zu tun haben. Wahrscheinlich hat man früher einmal nicht mit der Zahl 100, sondern mit der Zahl 60 gerechnet. Aber das mußt du doch noch wissen, weil du schon so alt bist."
,,Nun hört sich aber alles auf! Dein Pa ist schon so alt, daß er seinerzeit noch das Sexysystem gelernt hätte!"
,,Du meinst das Sexagesimalsystem."
,,Richtig: Der Vater wird von seinem Herrn Sohn aufgeklärt! Aber nun möchte ich wirklich meine Ruhe haben, verstanden?"
,,Ja, Papi. Aber nur noch diese einzige und allerletzte Frage: Was ist eine Sextillion?"
,,Ich weiß es nicht!!"
,,Das muß irgend etwas mit der Potenz zu tun haben."
,,Das ist nun wirklich der Gipfel!"
,,Au, Papi, ich hab's gefunden! Eine Sextillion ist die sechste Potenz einer Million!"

— *Licht aus!* —

Ein Schulstunden-Sketsch

Der nachstehend skizzierte Sketsch läßt die ,,Technik" erkennen, wie solche Szenen entstehen. Er will dazu anregen, im Team einen eigenen Schulstunden-Sketsch zu erarbeiten, wobei Pointen aus der Vorlage übernommen werden können. Es darf und soll also improvisiert werden. Das gilt auch für die Szenerie: Es werden keine Pulte benötigt. Für die Lehrerin genügt ein Tischchen und ein Stuhl, die Schüler sitzen auf Stühlen oder Hockern und haben lediglich ein Buch und ein Heft bei sich.
Selbstverständlich müssen die ,,Kinder" (Schüler) von Jugendlichen gespielt werden.

Spieler: die Lehrerin (L),
die Schüler: Dieter (D), Ernst (E), Heinz (H), Kurt (K), Ralf (R), Udo (U); die Schülerzahl kann beliebig erweitert werden

(Es läutet. Licht an!)

L So, liebe Kinder, ihr habt das Glockenzeichen gehört, es ist acht Uhr und somit Unterrichtsbeginn. Was haben wir in der letzten Stunde besprochen?

K *(hebt die Hand)*

L Also, Kurt!

K Fräulein, wollen wir nicht wenigstens die akademische Viertelstunde einhalten?

L Setzen, Kurt. Wir sind hier in keiner Universität, sondern in einer Volksschule. Und die Volksschule besteht — Ralf?

R Aus Lehrern und Schülern.

L Nein! Aus der Grund- und Hauptschule. Und in welcher Schule seid ihr? Na, Heinz?

H In der Mittelschule.

L Wieso in der Mittelschule? Das ist doch blanker Unsinn!

H Das haben Sie aber selbst gesagt.

L Nein, das kann ich gar nicht gesagt haben!

R Doch, Fräulein! Sie haben gesagt, daß wir alle mittelmäßige Schüler sind.

A *(Gelächter)*

L Schluß mit dem Unfug! Im übrigen, Ralf, komme ich ohnehin noch auf dich zu.

R Fräulein, wenn Sie mir aber zu nahe treten, melde ich das dem Elternbeiratsvorsitzenden.

L Der weiß ohnehin von deinem Benehmen. — Aber nun beginnen wir endlich mit dem Sachunterricht. Also: Weshalb fliegen die Störche im Spätherbst nach dem Süden? Heinz!

H Weil die Menschen da unten auch mal Kinder bekommen wollen.

A *(Gelächter)*

D *(meldet sich)*

L Dieter, du möchtest etwas sagen?

D Fräulein, ich muß jetzt gehen.

L Aber du kannst doch nicht mitten im Unterricht weggehen!

D Meine Mutti hat heute Geburtstag und ich muß noch ein Geschenk für sie kaufen.

L So, ein Geschenk. Und was möchtest du ihr kaufen?

D Eine schöne Bluse.

L Aha, etwa so eine, wie ich sie trage?

D Nein, schon eine saubere.

L Dieter, setzen! Die Bluse kannst du nach der Schule besorgen. Und jetzt beginnt wieder der Ernst des Unterrichts.

E *(steht auf)*

L Wieso stehst du plötzlich auf?

E Sie haben gesagt, daß jetzt der Ernst beginnt. Und ich bin der Ernst.

L Ernst, ich werde deinen Eltern mitteilen, daß ich mit dir sehr unzufrieden bin.

K *(meldet sich und steht auf)* Fräulein, wir sind mit Ihnen auch oft sehr unzufrieden. Haben wir das jemals Ihren Eltern mitgeteilt?

L Kurt, du bist nicht nur frech, sondern auch sehr schwach in deinen Leistungen. Dein Zeugnis fällt miserabel aus. Denk mal nach, woran das liegt.

K Fräulein, da gibt es nur zwei Möglichkeiten: entweder Milieuschäden oder Vererbung.

L Kurt, jetzt trittst du heraus, kommst zu mir und entschuldigst dich für diese ungebührliche Antwort.

K *(geht zum Lehrertisch)*

L Na, hast du mir nichts zu sagen?

K Fräulein, der Herr Religionslehrer hat gesagt, daß die Menschen nach dem Tod alle zu Staub werden. Ist das wahr?

L Ja, das ist wahr.

K Dann muß da unter Ihrem Pult einer gestorben sein.

A *(Gelächter)*

L Kurt, wegen dieser Ungezogenheit mußt du heute eine Stunde hier bei mir nachsitzen.

K Geht in Ordnung, Fräulein. Aber ich bin nicht schuld, wenn die Leute hinterher über uns reden.

L Kurt, geh sofort auf deinen Platz zurück und schäme dich. So, und nun das Mathe-Buch aufschlagen und mit der Arbeit beginnen —

D *(meldet sich)* Fräulein, Fräulein!

L Dieter, was ist denn nun schon wieder?

D Werden die Lehrerinnen eigentlich auch bezahlt?

L Törichte Frage! Wieso sollen die nicht bezahlt werden?

D Weil wir armen Schüler immer die ganze Arbeit allein machen sollen.

A *(klatschen Beifall)*

L Ruhe! Dieter, ich will das überhört haben. Seite 16 aufschlagen. Übrigens — so, wie es jetzt aussieht, bekommen mindestens 60% von euch in Mathe eine glatte Fünf.

H Hähä! So viele Schüler sind wir ja überhaupt nicht!

D Fräulein!

L Dieter?

D Ich möchte Ihnen bestimmt keine Angst machen. Aber mein Papa hat gesagt, wenn Sie mir nochmals eine Fünf in der Mathe geben, dann setzt's was ab.

L Ich erkenne daraus, daß dein lieber Vater sich um dich sorgt und dich großzieht.

D Nein, Fräulein, ich wachse von selbst.

U *(kommt herein und grüßt strahlend)* Guten Morgen, allerseits!

A Guten Morgen, Udo!

L Udo, es ist jetzt bereits 10 nach 9, und um 8 beginnt der Unterricht!

U Na und? Habe ich etwa was Wichtiges versäumt?

L Setz dich und arbeite mit.

K Schon wieder arbeiten!

L Alle Menschen müssen arbeiten. Die einen leisten Handarbeit, wie zum Beispiel die Bauarbeiter oder die Automechaniker, die anderen Kopfarbeit wie zum Beispiel...

R die Frisöre.

A *(Gelächter)*

L Ich sehe schon, ich komme heute nicht weiter mit dem Stoff. Deshalb wiederhole ich quer durch aus einigen Bereichen. Wir haben z. B. von den fünf Erdteilen gesprochen. Udo, wie heißen sie?

U Ich heiße Udo Müller. Aber Sie dürfen ruhig ,,Du" zu mir sagen.

L Törichtes Kind! Wir gehen weiter in der Erdkunde. Ihr wißt, der größte Staat in der Bundesrepublik Deutschland ist der Freistaat Bayern. Wo liegt Bayern, Ralf?

R Auf Platz eins in der Bundesliga.

L Eine solche Antwort ist verantwortungslos! Weißt du, was Verantwortung ist?

R Ja, Fräulein. An meiner Hose zum Beispiel sind alle Knöpfe ab bis auf einen einzigen. Und der trägt jetzt die ganze Verantwortung.

L Hast du denn keine Geschwister, die dir die Knöpfe annähen könnten?

R Doch — wir sind fünf Buben daheim, und jeder von uns hat noch eine Schwester.

L Also zehn Kinder!
R Ätsch, hereingefallen! Sechs Kinder!
L Setzen. Ich bin beleidigt.
A *(Gelächter)*
L Ruhe! Heinz, bring mir dein Mathe-Heft.
H *(bringt sein Heft zur Lehrerin)*
L Aber Heinz, du hast ja ganz schmutzige Hände!
H Och, Fräulein, das ist weiter nicht schlimm. Da sollten Sie erst mal meine Füße sehen!
L Pfui, du solltest dich schämen. Geh an deinen Platz zurück und denk daran, daß morgen der Schularzt zur Impfung kommt.
D *(meldet sich)*
L Dieter?
D Fräulein, wo hinein impft denn der Schularzt?
L In den Oberarm. Also gerade hier gut waschen!
E Fräulein, rechts oder links?
L Entsetzlich! Ich sehe schon, bei euch liegt vieles im argen. Kehren wir also lieber wieder in die Vergangenheit zurück.
U *(meldet sich)* Fräulein, ich melde mich zurück.
L Ach richtig, du warst ja krank. Seit wann hast du gefehlt?
U Seit dem Dreißigjährigen Krieg.
K *(meldet sich)* Aber wir haben mittlerweile auch die Sagen durchgenommen.
L Gut, Kurt. Und weißt du auch noch den Namen einer Sage?
K Die Nibelungensage.
L Ausgezeichnet. Weiß noch jemand den Namen einer Sage?
E *(meldet sich)*
L Ernst, das ist sehr erfreulich, daß du dich auch einmal meldest. Welche Sage weißt du?
E Die Wettervorhersage.
A *(Gelächter)*
L Es ist gleich Zeit zur Pause, wir müssen uns also beeilen. Ich möchte nämlich noch die Vorsilbe ‚un‘ durchnehmen. Sie bedeutet stets etwas Schlimmes, zum Beispiel Un-glück. Wer kann ein weiteres Beispiel sagen?
D *(meldet sich)*
L Dieter!
D Unwetter.
L Sehr gut, Dieter. Noch ein Beispiel.
U *(meldet sich)*

L Udo!
U Unheil.
L Hervorragend. Weiter. *(Stille)* Na, ich helfe euch drauf. Ich nenne das Wort ‚begabt'.
A Unbegabt.
L Richtig. Ich nenne das Wort ‚frei'.
A Besetzt!

— Licht aus! —

Fahrpreis nach Gewicht

Spieler: Er (ein Fahrkartenverkäufer),
Sie (eine Fahrkartenverkäuferin)

Sie Guten Tag. Bitte einmal einfach nach . . .
Er Moment, Sie müssen erst in die Kabine hier.
Sie Wieso? Gibt es da die Fahrscheine?
Er Nein, nein, die Fahrscheine bekommen Sie bei mir. In die Kabine müssen Sie wegen der Kontrolle.
Sie Wie? Gepäckkontrolle?
Er Nein, Gewichtskontrolle.
Sie Aber ich habe doch nur diese Handtasche bei mir.
Er Es geht nicht um Ihr Gepäck. Es geht ums Körpergewicht.
Sie Was geht Sie mein Körpergewicht an?
Er Mich nichts. Aber die Verkehrsbetriebe. Wir brauchen Ihr Körpergewicht, um den Fahrpreis exakt zu ermitteln.
Sie Das wird ja immer schöner! Bin ich hier am Fahrkartenschalter oder bei einer Schönheitskonkurrenz?
Er Also wenn wir den Preis nach Schönheit berechnen würden, käme das für Sie teuer. Es geht aber bloß um den sogenannten Übergewichtszuschlag. Wissen Sie, wie ich das sehe, gehören Sie mit Ihrer Figur zu den Grenzfällen.
Sie Ich verbitte mir diese Anzüglichkeiten! Kümmern Sie sich gefälligst um Ihren eigenen Bauch!
Er Ich weiß gar nicht, warum Sie sich so aufregen. Seit gestern ist dieser neue Erlaß zur Beförderung von Fahrgästen für alle Verkehrsbetriebe verbindlich. Bei der Post ist es doch schon lange so, und kein Mensch regt sich darüber auf.

Sie Was hat das mit der Post zu tun?

Er Nehmen wir doch bloß mal einen Brief. Normales Porto für die Beförderung bis zu einem Gewicht von 20 Gramm. Ist der Brief etwas schwerer, zahlen Sie anstandslos 50 Pfennig mehr. Stimmt's?

Sie Ja, natürlich, aber ich bin doch kein . . .

Er Sehen Sie. Um von jedem unserer Kunden einen angemessenen Fahrpreis fordern zu können, machen wir jetzt die Gewichtskontrolle. Herren zahlen ab 80 Kilogramm, Damen ab 75 Kilogramm den Übergewichts-Zuschlag von nur zwei Mark pro Person im Nahverkehrsbereich.

Sie Und bei Fernreisen?

Er Ist der Zuschlag nach der jeweiligen Reisestrecke gestaffelt. Zugleich bieten wir mit der Gewichtskontrolle einen echten Kundendienst. Das Wiegen ist völlig kostenlos.

Sie Das berechnen Sie nicht extra?

Er Keineswegs. Schließlich wollen wir ja die Kirche im Dorf lassen.

Sie Also gut. Wo ist die Waage?

Er Hier hinein. Bitte dort hinauf. Und ganz stillstehen. . . So, danke.

Sie Wieviel?

Er Mein Augenmaß ist zuverlässig. Sie bringen genau 76 Kilogramm auf die Waage. Ein Kilo über Normalgewicht. Somit sind Sie zuschlagpflichtig. Wohin möchten Sie?

Sie Ihre Fahrkarte können Sie behalten.

Er Wie? Sie wollen nicht fahren?

Sie Ich hab' mir's überlegt. Ich fahre erst nächste Woche.

Er Nächste Woche?

Sie Ja, wenn ich meine Obsttage hinter mir habe.

— Licht aus! —

Gerd Karpe

Ein Sieger im Universum

Spieler: Kathrin, junge Büroangestellte (K),
Bernd, Gymnasiast der Kollegstufe (B)

Kathrin sitzt an ihrem Arbeitsplatz im Büro und blättert in einer Zeitschrift. Eine Uhr im Hintergrund zeigt die Mittagspause an.

Auf Kathrins Schreibtisch steht eine Schreibmaschine, auf einem kleinen Nebentisch ein Microcomputer. Vor diesem Nebentischchen befindet sich ein unbesetzter Stuhl.

(Bernd schleicht total niedergeschlagen ins Zimmer)

K Hallo, Bernd! Mensch, du weißt doch: Der Chef mag keine Besuche in der Mittagspause!

B *(läßt sich auf den freien Stuhl fallen)* Kathrin, es ist aus. Du, ich glaub', ich kann nur noch Mücke machen.

K Abhauen willst du schon wieder? Was ist denn eigentlich los?

B Ach, is doch alles so ätzend.

K Also, jetzt erklär mir schon: Was ist denn so furchtbar?

B Ach, der Hassenstein —

K — dein Kursleiter?

B Ja, dieser Nervi packt heute die Klausur aus dem Tornister und fängt da seine Dummsülzerei an von wegen „Da habt ihr noch viel zu arbeiten, meine Herren". Na ja, immer derselbe Kleber.

K Und Ihr habt die Schulaufgabe zurückbekommen? Mensch, Bernd! Na sag doch! Hast du die acht Punkte, die du brauchst für die Tiermedizin?

B Du, Kathrin, ich schwör dir, ich bin in Physik echt total irre. Und bei der Klausur ging in meinem EDV-Zentrum (deutet zur Stirn) alles glatt ab wie Hagge.

K Ja, eben, Bernd. Darum sind wir . . . waren wir doch auch überzeugt, daß du acht Notenpunkte kriegst.

B Ach Asche! Kaum fängt der Hassenstein, dieser Hartprolet, an mit seinem Agitprop-Genuschel: „Da habt ihr noch viel zu arbeiten. . .", da spür ich schon, irgendwas ist schroff. Und dann knallt mir der Larry —

K — der Hassenstein? —

B — der Kursleiter schon meine Papyrusrolle vorn Latz.

K Also doch: Ihr habt die Schulaufgabe rausbekommen. Na und? Sag doch, Bernd! Wieviel Punkte hast du!

B Vier Punkte! Stell dir das vor, Kathrin: abartige vier Punkte.

K Das tut mir leid, Bernd. Aber ihr habt doch noch eine Schulaufgabe! Vielleicht —

B (wütend) Ich checke die vier Punkte und flüstere dem Hassenstein: Is easy, Chef, jaja, alles klar.

K Schön, daß du so ruhig geblieben bist.

B Äußerlich heb' ich keine Feder. Aber in meinem IQ-Haushalt fängt die Maggibrühe an zu kochen. Jetzt mach ich Zoff, denk ich. Am liebsten hätte ich dem Hassenstein einen Satz heiße Ohren verkauft.

K Bernd! Um Gottes willen! Du warst drauf und dran, deinen Kursleiter zu ohrfeigen?

B Der Hassenstein ist doch 'ne Kaftanpuppe! Der braucht doch mal 'ne Taucherbrille!

K Du kannst doch einem Lehrer kein blaues Auge verpassen!

B Ich war ja auch friedlich wie ein Teddy. Aber nach dem Läuten hab ich ihm gezeigt, wo mehr Kraft steckt. Er rudert mit seinem Heizöl-Ferrari durch die City, ich mit meinem Moto-Schnucki hinterher.

K Du wirst wieder viel zu schnell gefahren sein, Bernd!

B Der Hassenstein weiß jetzt, wie ein frisierter Honda-Auspuff knistert. Mein Weltbild hängt ganz schräg im Raster, Kathrin.

K Schön, daß du zu mir kommst, wenn du traurig bist, Bernd.

B Zu dir und zu der Rappelkiste.

K Jaja, schalt nur den Computer ein! Ehe der Chef zurückkommt.

B Hast du die Diskette „Star Battle" noch da?

K Klar. Ich geb doch das Spiel nicht weg. Du brauchst es doch immer wieder. Immer, wenn du Ärger hast.

B Ist doch besser als jede Ohrenspülung.

K Find' ich auch. Der Walkman schädigt nur das Trommelfell.

B Und besser, als horrormäßig durch die Pampa heizen.

K Ja, in der Wut herumfahren soll ein geistiges Wesen überhaupt nicht. Also leg schon das Computer-Spiel ein!
(Kathrin gibt Bernd eine Diskette. Der legt sie ins Computerlaufwerk ein)

B Das ist doch auch wirklich „Star Battle"?

K Ganz sicher.

B Na, den exterrestrischen Chaoten zeig ich heute meinen Bizeps.

K Aber nur den geistigen, Bernd.

B Klar, Sahneschnittchen.

K Es geht los!

B Magst du mich überhaupt noch, Tussi?

K Da fragst du?

B Na, vier ätzende Punkte in Physik!

K Macht doch nichts! Dafür bist du gleich Sieger im Universum! Paß auf, sie kommen, Bernd!

B Wer. Dein Chef?

K Aber nein! Die außerirdischen Ungeheuer aus dem Weltall. Da, auf dem Bildschirm! Los, Bernd! Jetzt schaffst du alle Punkte!

— *Licht aus!* —

Erich Pawlu

Reife Reden einst und heute

Eine Solonummer

Spieler: ein junger Mann
in der Doppelrolle eines Abiturientensprechers
und eines Kommentators

(Der Sprecher betritt in Alltagskleidung die Bühne. Vor einem Rednerpult bleibt er stehen. Zunächst spricht er im festlich erklärenden Tonfall eines Kommentators.)

,,Nichts ist gewaltiger als der Mensch'', sagt Sophokles. Und das ist wahr. Aber wodurch erreicht der heutige Mensch Größe? Durch seine geistige Flexibilität. Immer denkt er genau das, was gerade gedacht werden soll. Darin übertrifft er jedes andere Wesen. Was ist die Größe des Elefanten im Vergleich mit der flexiblen Größe des denkenden Menschen? Wir alle beweisen jeden Tag auf sehr anschauliche Art, wie recht Darwin hatte: Wir überleben zumeist, weil wir uns den Umständen, den geistigen Strömungen und Moden, mühelos anpassen.

(Der Darsteller schlüpft währenddessen in eine Militärjacke, klebt sich einen wilhelminischen Schnurrbart an, stellt sich stramm vors Rednerpult.)

Besonders wir, die deutschen Abiturienten, sind ein Beweis für die Anpassungsfähigkeit des systematisch geschulten Menschen.

(Im Hintergrund erklingt wilhelminische Marschmusik — ,,Preußens Gloria'' o. ä.)

Genießen Sie mir mir Abiturientenreden aus acht Jahrzehnten! Ich bin jetzt ein Abiturient des Jahres 1910:

(Mit überschwenglichem Pathos:)

„Während wir wuchsen, wuchs das Reich herrlich mit uns empor. Mit germanischer Wucht arbeiteten wir an Homer und Ernst Moritz Arndt, aber auch an Jahn, damit der Geist des Turnvaters künftig unter unseren Helmen leuchte. Die Spitzen unserer jungen Bärte und die reifgewordenen Schwingen unserer Herzen folgen dem Kaiser auf dem Flug nach oben. Voll sittlichem Ernst danken wir aber auch unseren Lehrern. Ihr Beispiel wird uns ermutigen, ohne falsche Bescheidenheit kulturspendend durch die Welt zu dampfen. Wir werden das deutsche Samenkorn hinter schimmernder Wehr bergen, um es weit auszuwerfen unter die Völker, die darauf schon lange warten...“

(Nun übernimmt der Darsteller wieder die Rolle des Kommentators. Er verwandelt sich während des folgenden Textes in den Abiturienten der Zeit nach dem Zweiten Weltkrieg, indem er eine schäbige „Festjacke“ mit amerikanischem Emblem anzieht und Ringelsöckchen sichtbar macht.)

Das geht zu Herzen, nicht wahr? Verfolgen wir weiter die wunderbare Fähigkeit des abiturgeprüften Menschen, sich wie ein Chamäleon dem Gang der Geschichte anzupassen. Die passende Farbe für jede Epoche? Kein Problem.

(Ein amerikanischer Nachkriegsschlager — vielleicht: „You are my sunshine“ klingt im Hintergrund auf.)

Staunen wir über den Abiturienten des Jahres 1947:

(Im Tonfall ergreifender Schlichtheit:)

„Und neues Leben blüht aus den Ruinen. — Dieses völkerverbindende Dichterwort gibt unserer heutigen Abschlußfeier den höheren Sinn. Noch ist der Giebel unseres Gymnasiums durchlöchert. Aber durch alle Dachschäden dringt unser lebendiger Geist hinaus ins Blaue. Deshalb danken wir jetzt, in dieser besinnlichen Stunde, der Good-will-Association von Phoenix/Arizona für die wiederholte Übersendung von Trockenmilch und Eipulver. Unsere Verbundenheit gilt auch dem Amerika-Haus für die regelmäßige Veranstaltung von Mickey-Mouse-Abenden. Die Filme haben unseren kläglich eingeengten Blick international geweitet...“

(Wieder in der Funktion des Kommentators, während sich der Darsteller in den Revoluzzer-Abiturienten des Jahres 1968 verwandelt.)

Das eben, meine Damen und Herren, hat uns Deutsche groß gemacht. In jedem Augenblick unserer Geschichte das zu wollen, was wir wollen sollen.

(Rockmusik wird hörbar. Der Darsteller weiter als Kommentator:)

Da gibt es Leute, die beschimpfen unseren Untertanengeist. Was für ein Unsinn! Als ob wir nichts dazugelernt hätten! Der moderne Deutsche ist natürlich modern. Manchmal schlägt er sogar lustvoll über die Stränge. Ein Beweis? Staunen Sie über den Abiturienten des Jahres 1968!

(In höchst nachlässigem, saloppem und aufsässigem Tonfall:)

„Also, man hat mich so doof ans Rednerpult gestellt, damit ich was Feierliches quatsche. Aber ich lasse mich nicht manipulieren. Die gymnasiale Klassengesellschaft will uns sogar heute, bei dieser Feierstunde, noch ausbeuten, das ist klar. Wie im Schulalltag. Neun Jahre lang setzten unsere Pauker zur Akkumulation ihres eigenen Wissens repressive Ausfragemethoden ein. Ziel war es, uns durch notenbedingte Krisen in geistige Verelendung zu stürzen. Aber wir haben es ihnen heimgezahlt, uns solidarisiert und unsere Macht genutzt: Ein Gespenst geht um in Europa — das Gespenst des diskutierenden Abiturienten . . .“

(Darsteller wieder als Kommentator, indem er sich mit den Kleidungsrequisiten des Abiturienten von heute kennzeichnet:)

Wie man sieht, sind wir keine deutschen Michel mit Schlafmützen. Wir reden salopp. Wann das so üblich ist. Und wir reden wissenschaftlich. Wenn das so üblich ist. Was sagt der Abiturient von heute?

(Telemann-Musik rauscht auf. Der Sprecher in modern unterkühltem Tonfall:)

Ich gebe zu: Die Individualisierung des Lernprozesses, die Optimierung der Unterrichtseffizienz durch die Einführung der operationalisierten Lernzielkontrolle und die Impulsgebung zur Realisierung kognitiver Aktivitäten haben uns zu einem beachtlichen sachstrukturellen Wissensstand verholfen — oder so. Gewiß, studieren können wir mit unseren Kenntnissen kaum. Deshalb drängt mancher von uns mit der gebotenen Bescheidenheit in die Handwerksberufe. Und nicht wenige wenden sich den sozialen Verpflichtungen eines Taxifahrers, eines Beamten der mittleren Laufbahn oder auch eines alternativen Schafzüchters zu. Aber wohin man uns auch stellt — wir werden uns mit dem gut eingeübten problemlösenden Denken überall durchzusetzen wissen — sogar gegen die konkurrierenden Hauptschüler.

— Licht aus! —

Erich Pawlu

Gezielter Erfolg

Spieler: Neuralk, ein völlig verzweifelter Theaterchef (N),
Intendant Munterputz, ein Erfolgsmensch (M),
Fräulein Unruh, Sekretärin von Intendant Munterputz (U)

(Die beiden Intendanten begegnen sich während eines Kongresses. Munterputz ist fein herausgeputzt. Neuralk sieht sehr mitgenommen aus)

N Hallo, Herr Kollege! Sie auf dem Kongreß? Haben Sie denn Kongresse überhaupt noch nötig?

M Entschuldigen Sie, ich kenne Sie nicht.

N Aber, Herr Intendant Munterputz! Ich war doch Ihr Konkurrent. Wir bewarben uns doch beide um die Intendanz am Stadttheater in Großklingen.

M Ah ja. Es dämmert mir. Aber ich komme nicht auf den Namen.

N Neuralk.

M Richtig. Auch beim Theater?

N Natürlich. Sonst wäre ich ja nicht zum Kongreß eingeladen worden. Ich bin inzwischen ebenfalls Intendant. In Kleinwöhringen.

M Und? Wie läuft's?

N Ich habe heute die Statistik über die Besucherzahlen an Ihrer Bühne gelesen. Hundertprozentige Ausbuchung aller Vorstellungen seit sechs Monaten.

M Ich fragte, wie es bei Ihnen läuft, Herr Neuralk.

N Die Kritik lobt meine künstlerische Leistung. Aber die Besucher bleiben weg.

M Das ist ja schrecklich!

N Ausnutzung der Platzkapazität nur zu 52 Prozent!

M Was spielen Sie denn so, verehrter Herr Kollege?

N Eine gesunde Mischung von Klassik und Moderne. Von Shakespeare bis Thomas Bernhard.

M Das tun wir auch.

N Aber mit Erfolg!

M Mieses Ensemble?

N Im Gegenteil! Meine Schauspieler setzen sich künstlerisch voll ein.

M Künstlerisch? Da haben wir den Fehler, verehrter Neuralk! Schauen Sie: Auch wir spielen Shakespeare. Aber unsere Fassung, besorgt von Chefdramaturg Tannenloh, ist schon vom Titel her interessant: ,,Hamlet als Grüner". Morgen haben wir die 29. Vorstellung. Selbstverständlich immer ausverkauft.

N Ja, geht denn das?

M Was? 29 Vorstellungen?

N Nein, ich meine, geht denn das: ,,Hamlet als Grüner"?

M Na, und ob! Hervorragend. Im Grunde läuft alles wie gewohnt. Allerdings erscheint Hamlets Vater als nächtlicher Geist zusammen mit einem Schwarm von Nachtvögeln. Die Tiere sind übrigens Leihgaben unseres Städtischen Tiergartens. Und im Anschluß an den Monolog ,,Sein oder Nichtsein" erläutert der Dänenprinz die Gefährdung des Steinkauzes in unserer Heimat.

N Aber das ist doch kein Shakespeare mehr!

M Mag sein. Aber erfolgreich ist es. Das Publikum mag eben Tiere mehr als tragische Helden.

(Fräulein Unruh tritt hastig auf)

U Gott sei Dank, daß ich Sie finde, Herr Intendant. Der Präsident des Geflügelzuchtverbandes rief soeben an und fragte, ob das Abonnement für ,,Die Wildente" gesichert sei.

M Das geht natürlich in Ordnung. Wie üblich: Alle Mitglieder des Geflügelzuchtverbandes erhalten ermäßigte Eintrittspreise.

(Fräulein Unruh ab)

M *(zu N)* Sehen Sie, Ibsens ,,Wildente" inszenieren wir für den städtischen Jägerkreis ,,Halali" und für den Geflügelzuchtverband ,,Froher Erpel".

N Ganze Vereine gewinnen Sie fürs Theater?

M Wir erweitern einfach die Dialoge. In jede Szene streuen wir wertvolle Informationen für Jäger und Züchter von Enten ein. Das freut die Leute.

N Aber Vorträge können die Leute doch auch außerhalb des Theaters organisieren. Wirkt sich da der Aufführungsrahmen nicht eher störend aus?

M Der Gang ins Theater ist bei uns eben immer noch ein gesellschaftliches Ereignis.

N So? Verderben Ihnen die Scharen von Jeansträgern nicht auch die festliche Atmosphäre?

M Traurige Ansätze dieser Art gibt's natürlich auch bei uns. Aber wir entschädigen das Publikum in der Pause im Foyer mit einer Modenschau. Ober mit Videofilmvorführungen. Sehen Sie —
(Fräulein Unruh kommt aufgeregt zurück)

U Herr Intendant! Fred Dämpfer ist am Telefon! Bitte dringend!

M Ja selbstverständlich. Bin schon fort.
(M rennt ohne Verabschiedung davon)

N Ein sehr wichtiger Anruf, was?

U Und ob. Fred Dämpfer, unser Star!

N Der Hamletdarsteller?

U *(lacht)* Aber nein. Fred Dämpfer! Meister im Halbschwergewicht! Boxer!

N Was hat der mit Ihrem Theater zu tun?

U Jeden Sonntag abend veranstalten wir die beliebte Aktion „Zuschauerjagd". Dabei geht es darum, möglichst viele Personen auf irgendeine Weise in unsere Vorstellung zu schleppen. Dämpfer hält den Rekord. Am letzten Sonntag lieferte er zwölf Personen an der Abendkasse ab. Sie waren so eingeschüchtert, daß nur wenige gefesselt werden mußten.

N Phantastisch! Wie heißt Ihr Sonntagabendprogramm?

U Publikumsjagd.

N Ausgezeichnet. Ich werde die Idee für mein Theater übernehmen. Unser städtischer Kulturreferent ist Bezirksmeister im Judo. Endlich habe ich Hoffnung auf bessere Zeiten.

— Licht aus! —

Erich Pawlu

Ein soziales Projekt

Spieler: junger Mann (J),
Angestellter (A),
Sachbearbeiterin Schönaich (S),
Sachbearbeiter Ratschnik (R)

(Amtsstube. Der Angestellte an seinem Schreibtisch. Der junge Mann betritt mit den üblichen Anzeichen der Amtsscheu den Raum. Der Angestellte ist freundlich)

J Guten Tag.

A Guten Tag! Bitteschön, nehmen Sie Platz. Worum geht es denn?

J Um ein Gesuch.

A *(nimmt ein Formular):* Um ein Gesuch an das Baureferat. Um ein Baugesuch. Das ist sehr schön, daß Sie bauen wollen. Wir alle sollten die Wirtschaft ankurbeln, nicht wahr? — Achtzehn?

J Bitte?

A Sie sind doch über achtzehn?

J Jaja, ich bin sogar zweiter Schriftführer in unserem Verein.

A Sehr gut. Und warum sagen Sie mir das?

J Weil ich als zweiter Schriftführer automatisch auch die Amtsgänge für den Verein erledige.

A Ihr Verein ist Träger des Bauvorhabens? Oh, oh, oh! Das wird schwierig!

J Warum?

A Dann handelt es sich ja um einen Sonderfall! Vielleicht gar um ein soziales Projekt! Da brauche ich den Rat eines Fachmannes. Einen Augenblick, bitte!
(Der Angestellte zieht das Telefon heran und wählt eine Nummer)

A Ah, Herr Ratschnik! Schön, daß ich Sie erreiche. Ich dachte, Sie seien noch immer bei dem Fortbildungskurs „Kennzeichen der Gemeinnützigkeit"?
. . .
Nur für drei Tage sind Sie wieder im Hause? Bis zum nächsten Fortbildungslehrgang? Na, da habe ich ja Glück gehabt!
(Zu dem jungen Mann) Da haben wir Glück gehabt.
(Wieder in die Telefonmuschel sprechend) Herr Ratschnik, könnten Sie einen Augenblick herüberkommen. Ich habe da ein kompliziertes soziales Projekt. Also, da bin ich nun wirklich überfordert.
. . .
Sehr schön. Danke.

(Angestellter legt den Hörer auf und spricht nun wieder mit dem jungen Mann)

Herr Ratschnik kommt gleich herüber. Er ist einer unserer Experten. Damit ist Ihre Sache praktisch schon geklärt, gelöst und erledigt. Herr Ratschnik kennt sich auf diesem Gebiet aus.

(Ratschnik kommt mit mehreren Aktenordnern)

R Sozial?

J Ich verstehe nicht ganz.

R Sozialbauvorhaben?

J *(ratlos)* Entschuldigen Sie —

A Herr Ratschnik will wissen, ob Ihr Projekt in den Bereich „Sozialbauvorhaben" fällt.

J Tja, wenn ich das wüßte. Also sozial ist unser Verein, da gibt es keinen Zweifel —

R Verein? Da geht es ja nur um die Anerkennung der Gemeinnützigkeit! Kann man das nicht gleich sagen? Das ist doch unerhört! So stiehlt man mir die Zeit!

(Ratschnik geht mit seinen Aktenordnern wütend ab)

A Oh, oh, oh! Das hätten Sie Herrn Ratschnik nicht antun dürfen. Er ist unser Experte, müssen Sie wissen. Ohne ihn sind wir hier alle verloren. Natürlich weiß das auch Herr Ratschnik. Und das macht ihn sehr sensibel.

J Entschuldigen Sie, aber eigentlich haben doch Sie — freundlicherweise —

A Ein Bauvorhaben Ihres Vereins. Oh, oh, oh! Wo ist denn das Projekt geplant?

J Na, auf dem Vereinsgelände. Am Turnvater-Jahn-Weg.

A Oh, oh, oh! Am Turnvater-Jahn-Weg. Wenn mich nicht alles täuscht, besteht für diese Gegend generelles Bauverbot! — Einen Augenblick!

(Der Angestellte telefoniert)

Ah, Frau Schönaich! Fein, daß Sie da sind. Haben Sie einen Augenblick Zeit?

. . .

Verstehe. Aber es wäre dringend.

. . .

Also, wir haben hier eine Bausache zu klären im Gebiet des Turnvater-Jahn-Wegs.

. . .

Oh, oh, oh! Das dachte ich. Sie kommen trotzdem? Vielen Dank! *(Der Angestellte zum jungen Mann)* Da haben Sie uns was Schönes eingebrockt. Am Turnvater-Jahn-Weg! Was den Leuten alles einfällt! Also wissen Sie —

(Die Tür wird aufgerissen, und Herr Ratschnik stürmt mit drei neuen Aktenordnern ins Zimmer)

R Eine Mühe ist das. Eine Quälerei! Das alles unter Zeitdruck herauszusuchen! Und ich habe den letzten Fortbildungslehrgang noch gar nicht aufgearbeitet!

A Um so schöner, Herr Ratschnik, daß Sie uns alle Unterlagen gleich mitgebracht haben.

(Ratschnik lädt die Aktenordner auf dem Schreibtisch ab)

R Also, es geht zunächst einmal um die Klärung der Gemeinnützigkeit. Das ist juristisch höchst kompliziert. Auf dem letzten Fortbildungslehrgang meinte Professor Mockel, daß alle diesbezüglichen Definitionen eigentlich ergänzungs- und erneuerungsbedürftig seien. Auf jeden Fall sind die Kriterien der GAGFAH von 1918 nicht mehr haltbar.

J GAGFAH? Hat das irgend etwas mit Filmen zu tun?

R Ach was! Die GAGFAH ist die Gemeinnützige Aktien-Gesellschaft für Angestellten-Heimstätten, gegründet 1918. Sollte man wissen, wenn man über Gemeinnützigkeit reden will, junger Mann.

J Aber eigentlich wollte ich gar nicht über Gemeinnützigkeit plaudern. Es geht doch nur —

(Die Tür fliegt auf, und herein saust Frau Schönaich. Natürlich bringt auch sie Unterlagen mit)

S Ausgeschlossen! Völlig ausgeschlossen! Am Turnvater-Jahn-Weg! Ja, wohin kämen wir denn! Das ist doch alles längst geklärt! Alles in Übereinstimmung mit Paragraph 2 Absatz 1 des BBauGe —

A *(zum jungen Mann)* Bundesbaugesetz —

S — jawohl, des Bundesbaugesetzes und der Neufassung vom 18. August 1976 —

R — Bundesgesetzblatt I S. 2256 —

S *(überlegen)* — aber geändert durch Gesetz vom 6. Juli 1979, BGBL I S. 949 —

R — der Landesregierung, wohlgemerkt —

S *(Ratschnik übertrumpfend)* — und unter Berücksichtigung des Artikels 107 der Landesbauordnung — LABO — in der Fassung 1974 —

R *(der sich nicht geschlagen geben will)* — beziehungsweise Artikel 91 der LABO 1982 —

S — und unter Beachtung des Bescheids der Landesregierung vom 9. September 1984 —

R — Nummer 420-40-458/84.

S Nicht „Nummer“, Herr Ratschnik.

R Es geht um die Nummer 420-40-458/84.

S Aber es geht doch nicht um eine „Nummer“, Herr Ratschnik. Es geht doch um ein „Aktenzeichen“! Das sollten Sie schon wissen! Nachdem Sie doch schon wieder einen Fortbildungskurs besuchen durften.

R Die richtige Bezeichnung ist in diesem Fall „Nummer“. Dafür lasse ich mich zerhacken.

S Wir brauchen im Amt kein Hackfleisch, sondern Exaktheit.

R *(mit wachsender Erregung)* Ich bin durchaus exakt, Frau Schönaich. Und ich kann meine Exaktheit auch belegen.

(Ratschnik beginnt in seinen Aktenordnern zu wühlen)

R Gleich halte ich Ihnen das Dokument unter die Nase, Frau Schönaich! Dort steht „Nummer“!

S Dort steht Aktenzeichen!

(Frau Schönaich macht sich ebenfalls über ihre Unterlagen her)

R Herr Professor Mockel hat das genau definiert.

S Definiert? Was hat er definiert?

R Herr Professor Mockel hat mir den Unterschied beigebracht. Den himmelweiten Unterschied zwischen Nummer und Aktenzeichen.

S Ihr Professor ist mir egal. Ich verlasse mich auf meinen eigenen Verstand. Und auf mein Gedächtnis. Und auf die Landesregierung. Es heißt Aktenzeichen!

R Nummer!

S Aktenzeichen!

R Nummer!

S Na, wo bleibt der Beweis? Wo haben Sie das Dokument?

R Sie kommen jetzt sofort mit mir in mein Amtszimmer.

S Das grenzt ja an Nötigung!

R Schon wieder so ein schwammiger Begriff! Nötigung! Lächerlich! Ein Bitte ist das, Frau Schönaich! Ich will Ihnen zeigen, wer recht hat. Schwarz auf Weiß!

S Ich natürlich. Ich habe recht.

R Ich habe recht!

S Es heißt Aktenzeichen.

R Es heißt Nummer.

(Die beiden verlassen wütend das Zimmer)

A *(zum jungen Mann)* Oh, oh, oh! Müssen Sie denn wirklich so viel Unfrieden in unser Amt bringen? Wie kann man nur am Turnvater-Jahn-Weg bauen wollen! Vielleicht auch noch irgendein riesiges Vereinsheim. Da schwebt Ihnen wohl so ein moderner Betonklotz vor, was?

J Nein, überhaupt nicht. Es geht ja nur um eine Kleinigkeit.

A Eine Kleinigkeit nennen Sie das? Und bringen die ganze Behörde durcheinander! Daß drei Ämter nicht mehr arbeiten können! Was wollen Sie denn nun eigentlich bauen?

J Eigentlich wollte ich mich nur erkundigen.

A Das haben Sie ja nun ausführlich getan.

J Aber nein. Ich wollte nur fragen —

A Fragen?

J Ich wollte nur fragen, ob wir vom Verein eine Erlaubnis brauchen.

A Man braucht immer eine Erlaubnis für Bauvorhaben.

J Aber unser Bauvorhaben ist doch ganz klein.

A Klein?

J Winzig!

A Vielleicht nur ein Anbau?

J Nicht einmal das. Wir wollen doch nur eine Dusche einbauen. Anstelle der Besenkammer. Im Vereinsgebäude.

A *(in völliger Verzweiflung)* Oh, oh, oh!

— Licht aus! —

Erich Pawlu

Ein herrliches Fest

Spieler: Herr Flitzel, Ausschuß- und ,,Liederkranz"-Vorsitzender (Fl), Frau Nimbsch, Vorsitzende der Gemeinschaft ,,Aktive Frauen" (N),
Herr Pasch, Präsident des Freundeskreises Blaskapelle ,,Donnerklang" (P),
Herr Futschke, Vorsitzender des Wandervereins ,,Harmonie" (Fu)

(Die Mitglieder des Festausschusses nehmen an einem Beratungstisch Platz. Dabei ist bereits erkennbar, daß das Verhältnis der Personen zueinander nicht frei von Spannung ist)

N (*spricht mit Futschke*) Das sehe ich überhaupt nicht ein. Aus welchem Grund sollten wir ausgerechnet dem „Liederkranz" unsere Einfälle zur Verfügung stellen? Die reinste Ausbeutung ist das.

P (*giftig*) Haben Sie denn einen konkreten Vorschlag für das Festprogramm, Frau Nimbsch?

N Das nicht. Aber wenn mir etwas einfiele, würde ich es nicht verraten. Die Einwohner von Tiefenau sind doch nicht dazu da, die Jubiläen des Gesangsvereins „Liederkranz" zu gestalten. Die reinste Ausbeutung ist das.

Fu Sie meinen: geistige Ausbeutung. Nicht wahr, Frau Nimbsch?

N Selbstverständlich, Herr Futschke.

P Ja, wo wenig ist, da fehlt viel, wenn man wenig wegnimmt.

N Sie unterlassen sofort Ihre dunklen Bemerkungen, Herr Pasch! Sonst verweigere ich schon jetzt meine Mitarbeit in diesem Festausschuß.

Fl (*der durch sehr viel Festschmuck auf Brust und Revers auffällt, ergreift besänftigend das Wort*) Sehr verehrte Frau Nimbsch, liebe Freunde Pasch und Futschke! Wir sind zusammengekommen, um das hundertjährige Bestehen des Gesangsvereins „Liederkranz" in Harmonie und Eintracht zu gestalten. Sie, als die Vorsitzenden der Tiefenauer Vereine —

P Ich bin Präsident, Herr Flitzel!

Fl (*versöhnlich*) Sie, als die Vorsitzenden, beziehungsweise als Präsidenten der Tiefenauer Vereine repräsentieren einen wesentlichen Teil der Einwohnerschaft. Und es wäre doch auch für die vielen Gäste ein schöner Eindruck, wenn beim „Liederkranz"-Jubiläum alle Vereine der Marktgemeinde Tiefenau an einem Strick zögen.

Fu Was die Vereine aber nicht tun werden, Herr Flitzel. Ich als Vorsitzender des Wandervereins „Harmonie" denke überhaupt nicht an eine Zusammenarbeit mit dem „Liederkranz". Und das haben Sie sich selbst zuzuschreiben, Herr Flitzel. Wie konnten Sie auch Ihr Fest unverschämterweise auf ein Wochenende im Juni legen! Das ist doch wirklich die Höhe!

Fl Was ist denn daran so schlimm?

Fu Da fragen Sie noch? Da fragen Sie noch? Der Juni ist der Hauptwandermonat. Da entfaltet der Wanderverein „Harmonie“ seine wichtigsten Aktivitäten. Und ausgerechnet im Juni sollen wir mit dem ,,Liederkranz“ feiern. Sollen wir Ihnen vielleicht singen helfen?

N Ausbeutung ist das! Wie hat sich der ,,Liederkranz“ verhalten, als wir die Aktion ,,Tiefenau strickt“ durchgeführt haben? Was wollten wir — wir, der Verein ,,Aktive Frauen“? Etwas höchst Zeitgemäßes wollten wir: Alle Tiefenauer sollten stricken lernen, damit wenigstens alle Socken an Tiefenauer Füßen aus Naturgarnen bestehen. Aber was machten Sie am Tag unseres Einführungsvortrags, Herr Flitzel? Sie veranstalteten ein Chorkonzert. Ein Chorkonzert ohne jede soziale Komponente. Einfach so. Aus Freude am Singen. Es ist unglaublich.

P Ihre Quertreiberei schreit wirklich zum Himmel, Herr Flitzel. Ich erinnere an den großen Tag meiner Vereinigung, des Freundeskreises der Blaskapelle ,,Donnerklang“. Als wir aus Anlaß des 125jährigen Bestehens die Eigenkomposition ,,Im Markt des Lächelns — Tiefenau“ aufführten, hätten wir für die Schlußhymne einen Chor benötigt. Nur fünf Minuten lang hätte er singen müssen! Die Antwort vom ,,Liederkranz“ war damals: Die Komposition erreiche an keiner Stelle das notwendige künstlerische Niveau! So, Herr Flitzel. Und nun feiern Sie Ihr Jubiläum ruhig auf höchstem künstlerischen Niveau. Aber allein. Ohne die Blaskapelle ,,Donnerklang“.

N u. Fu Bravo!

Fl Ich sehe: eine geschlossene Front voller Harmonie.

Fu Gebrauchen Sie unseren Vereinsnamen nicht in ironischem Zusammenhang, wenn ich bitten darf! Sie sind hier der Bittende. Wir haben es nicht nötig, Ihren Spott anzuhören.

N u. P Bravo!

N Wo Sie Ihrer Frau nicht einmal erlaubt haben, an der Aktion ,,Tiefenau strickt“ teilzunehmen. Sie sind nicht nur ein Feind des Vereins ,,Aktive Frauen“, sondern auch der Naturfaser. Pfui!

P Also, das geht ins Private. Das gehört nicht hierher.

Fu Richtig. Wie wir unsere Frauen behandeln, steht hier nicht zur Debatte.

Fl *(mit vermittelndem Lächeln)* Ich will ja gern bitten.

N Bitteschön! Bitten Sie! Aber mit einem so selbstsüchtigen

Verein wie dem ,,Liederkranz'' gibt es keine Kooperation. Punkt. Schluß.

Fl Gerade aus Anlaß des Jubiläums hätte der ,,Liederkranz'' aber gezeigt, daß er überhaupt nicht selbstsüchtig ist. *(Hämisches Gelächter der anderen Ausschußmitglieder)*

P Weil Sie uns brauchen, Herr Flitzel.

Fl Durchaus. Die drei Brauereien Tiefenaus haben zum Fest insgesamt sechs Hektoliter Freibier gestiftet. Also, das schaffen wir nicht.

Fu Wer schafft was nicht?

Fl Der ,,Liederkranz'' ist ein wunderbarer Verein, aber nicht mitgliederstark. Leider. Wir wandern eben nicht.

Fu Keine Ironie, Herr Flitzel!

Fl Na, jedenfalls haben wir uns vorgestellt, daß uns die befreundeten Großvereine der Stadt beim festlichen Freibierverbrauch unterstützen könnten. Vielleicht ließe sich für diese Aufgabe auch noch der Gartenbauverein gewinnen.

P Na ja, also in diesem einen Punkt wollen wir Sie nicht hängen lassen, Herr Flitzel. In diesem einen Punkt nicht.

Fu *(eilig)* Man kann ja schließlich die Brauereien nicht brüskieren!

P Der Gedanke einer Teilnahme am festlichen Verbrauch von Freibier wäre den Mitgliedern der Kapelle ,,Donnerklang'' eventuell zu vermitteln.

N Nie und nimmer. So lasse ich mich nicht fangen. Das ist reine Bestechung!

P Ich denke, es geht um Ausbeutung!

Fu *(ironisch)* Ich verstehe Sie ja, Frau Nimbsch. Für den Verein ,,Aktive Frauen'' können Sie unmöglich einen Hektoliter Freibier reservieren lassen. Obwohl Bier rein ist. Rein wie eine Naturfaser.

Fl Frau Nimbsch geht es eben um Grundsätze. Also nicht um Bier, sondern um Naturfasern.

N Ich verbitte mir Ihren Spott, Herr Flitzel!

Fl Mein Anliegen an Sie ist ganz ernst.

N Was für ein Anliegen denn?

Fl Mein Naturfaseranliegen. Wir brauchen zum Jubiläum eine neue Uniform. Eine Trachtenuniform.

N Und?

Fl Na ja. Jacken, Hosen und Röcke lassen sich wohl schlecht stricken. Aber die Socken. Und die Krawatten — die sollen schon besonders schön sein. Und da dachten wir, daß uns vielleicht der Verein ,,Aktive Frauen" Socken und Krawatten aus Naturfasern strickt. Gegen anständige Bezahlung natürlich. Die Landesregierung hat uns einen schönen Zuschuß zur Anschaffung von Trachtenkleidung in Aussicht gestellt.

N Bis zum Juni?

Fl Ja, bis zum Juni.

N Da ist keine Zeit zu verlieren. *(Sie steht auf)*

P Wo wollen Sie denn hin?

N Na, da ist keine Zeit zu verlieren! Das heißt es anfangen mit dem Stricken! Das wird unser Durchbruch! Der Durchbruch meines Vereins und der Naturfaser in Tiefenau. Das ist unser Sieg über Nylon, Dralon, Perlon und Trevira!

Fl Ich kann mich auf Sie verlassen?

N Eine Herausforderung zu echter Leistung nehmen aktive Frauen immer an. Auf Wiedersehn. *(Sie geht ab)*

Fu Ja, also an Leistungsbereitschaft soll's den ,,Harmonie"-Wanderern auch nicht fehlen. Wirklich sechs Hektoliter?

Fl Sechs Hektoliter. Und, Herr Futschke: Ihr Verein veranstaltet doch im Rahmen unseres Festprogramms ein ,,Liederkranz"-Jubiläumswandern? Mit schönen Preisen für die Teilnehmer. Gestiftet vom ,,Liederkranz".

Fu *(steht auf und schickt sich zum Gehen an)* Keine Frage. So viel Gemeinsinn haben meine Leute. Ausnahmslos.

Fl Ich kann mich auf Sie verlassen?

Fu Wenn es um das Wohl ganz Tiefenaus geht, sind wir zur Stelle. *(Er geht ab)*

Fl Und die Kapelle ,,Donnerklang" gestaltet doch den festlichen Weckruf? Mit einem Morgenmarsch durch ganz Tiefenau, nicht wahr, Herr Pasch?

P Ich dachte, wir sollten nur die festliche Beseitigung des Freibiers musikalisch umrahmen!

Fl Das ist ja ohnehin klar. Aber ich dachte, der ,,Donnerklang" könnte wieder einmal eine Eigenkomposition vorstellen. Diesmal in Form eines Weckrufs.

P *(geschmeichelt)* Keine schlechte Idee. So ein schwungvoll-hymnisch-festlicher Weckruf wäre eine Aufgabe für einen begabten Komponisten.

Fl Dessen Name aus übergroßer Bescheidenheit bisher nicht veröffentlicht wurde.

P Ja, es war Bescheidenheit. Sie wissen Bescheid?

Fl Ich habe es geahnt, daß Sie komponieren, Herr Pasch.

P Man sieht mir die Begabung an, nicht wahr!

Fl Ja. Und wenn die Kapelle ,,Donnerklang" Ihren Weckruf spielt, gebe ich der Zeitung einen Tip.

P Einen Tip?

Fl Ja. Einen Tip hinsichtlich des Komponisten. Ihrem Ruhm steht nichts mehr im Wege, Herr Pasch.

P Ich kann mich auf Sie verlassen?

Fl Absolut.

P Wunderbar. Ach, da wird ein schönes Fest! Ein herrliches Fest!

— Licht aus! —

Erich Pawlu

Ein friedlicher Mensch

Spieler: Käthe Klapp, Wissenschaftlerin (K),
Reiner Mucks, Naturfreund (M)

Reiner Mucks sitzt in einer sehr einfachen, höchst rustikalen Stube und verstrickt Schafwolle. Einen Arm hat Mucks verbunden. Manchmal wackelt die Wand; gelegentliches Muhen verdeutlicht, daß nebenan mindestens eine Kuh haust. Alles sieht aus wie ein Idyll mit kleinen Schönheitsfehlern.

M Wirklich ein herrlicher Sommer! Wie froh bin ich, daß ich der Stadt den Rücken gekehrt habe. Hier in Untergrundelwanning geht mir die Seele auf. Das Leben in der Natur entspricht der Bestimmung des Menschen.
(Die Wand wackelt. Die unsichtbare Kuh muht)

M Sei still, Lisa! Du weißt doch, daß der Schubkarren kaputt ist. Heute gibt es eben keinen Klee. Kleine Opfer müssen gebracht werden, wenn man so viel Freude genießt. Verstanden, Lisa?
(Sanftes Muhen)

M Na also. Außerdem höre ich gleich mit dem Stricken auf. Aber der Pullover muß in diesem Sommer noch fertig werden. Das verstehst du doch, Lisa. Oder?

(Es bleibt still)

Na, dann eben nicht. Von Tieren kann man nicht in jedem Punkt verstanden werden. Das ist auch ein Naturgesetz.

(Man hört Autogeräusche. Schritte. Käthe Klapp klopft an die Tür. Lisa wird wild und muht anhaltend)

M Immer diese Störungen. Seit vor drei Wochen ein Staubsaugervertreter da war, reißen die Besuche nicht mehr ab. — *(Laut)* Bitte? Wer ist da!

K Darf ich reinkommen?

M Ja, bitte schön. Wenn es unbedingt sein muß.

K Aber zwei Schafe versperren mir den Weg.

M Ach was! Schafe sind friedlich! Strengen Sie sich ruhig an! Sie müssen eben mit den Tieren ein bißchen raufen!

(Gepolter. Käthe Klapp drückt schließlich die Tür auf. Ihre Kleidung ist von Schafwollspuren bedeckt)

K Sie halten Ihre Schafe wohl als Hofhunde?

M Ach, die sind harmlos. Ein bißchen ruppig vielleicht. Aber Lisa müßten Sie einmal erleben. Die ist so eifersüchtig, daß sie wie ein Stier auf Fremde losgeht.

K Wer ist denn Lisa?

M Meine Kuh. Und wer sind Sie?

K Ach so, ja. Entschuldigen Sie. Ich heiße Käthe Klapp.

M Und? Deshalb stören Sie mich?

K Ich komme zu Ihnen in höherem Auftag. Ich diene der Wissenschaft.

(Lisa fängt fürchterlich an zu muhen)

M Ruhe, Lisa! Ich brauche deine Hilfe nicht! Gegenüber der Wissenschaft bin ich auch ohne Warnung mißtrauisch. — *(Zu Käthe Klapp)* Wollen Sie hier nach Erdöl bohren lassen?

K Im Gegenteil. Das Thema meiner Forschungsarbeit ist Ihr friedliches Leben.

M Das müssen Sie mir schon erklären.

K Ich gehöre der Projektgruppe von Professor Wiesenflinck an.

(Störendes Muhen)

M Schön. Und?

K Professor Wiesenflinck vertritt, wie Sie doch sicher wissen, die These, daß der Mensch friedlich wird, wenn er der städtischen Zivilisation entrückt wird. Sobald wir, so lehrt Professor Wiesenflinck, der Anonymität der Städte den Rücken kehren, erlöscht in uns jedes Bedürfnis nach Aggression.

(Während Käthe Klapp ihre Arbeitsunterlagen ausbreitet, ergreift Reiner Mucks eine Fliegenklappe und verfolgt mit giftigen Blicken eine offenbar störende Fliege)

K *(nur ganz leicht irritiert)* Sie erlauben mir doch, einige Notizen zu machen, Herr Mucks? Sehen Sie, ein wissenschaftlicher Bericht über Ihre Lebensweise hier auf dem Lande könnte die Lehre von Professor Wiesenflinck schlagend belegen. Wir werden Sie als das Beispiel des absolut friedlichen Naturmenschen vorstellen.
Ihr Name?

M Mucks. Reiner Mucks.

(Käthe Klapp füllt ein Formular aus)

K Beruf?

M Was für eine dumme Frage. Naturfreund vielleicht. Ja, schreiben Sie: Naturfreund.

(Mucks drischt mit der Fliegenklappe auf den Tisch. Offenbar ein Fehlschlag. Er beginnt leise vor sich hinzuschimpfen)

M Na warte, du Biest. Heute nacht störst du mich nicht mehr.

K *(fährt — deutlich irritiert - im Ausfüllen des Fragebogens fort)* Sie fühlen doch keine Aggressionen, Herr Mucks, nicht wahr?

M Aggressionen? Nein, überhaupt keine.

K Und das Leben in der Natur verwickelt Sie auch nicht in Konflikte, nicht wahr?

M Was soll das heißen?

K Ich meine: Seit Sie der Stadt den Rücken gekehrt haben, streiten Sie mit niemandem herum.

M *(betrachtet nachdenklich seinen verbundenen Arm)* Selten.

K Sie haben eine Verletzung am Arm?

M Ja. Daran ist Emil schuld.

K Ein weiterer Naturfreund?

M Ja. Mein Esel.

K *(erleichtert)* Ihr Esel! Na mit dem streiten Sie ganz gewiß nicht herum!

M Nein, nein! Wir hatten nur eine kleine Meinungsverschiedenheit. Er wollte mich nicht tragen. Da trat ich ihn. Daraufhin biß er mich. Aber nur ein bißchen.

K Mehr ein Spiel, nicht wahr? Ein Ritual! Aber doch keine offene Aggression!

M Aber nein. Aggression ist mir fremd.
(Während Lisa muht, greift Mucks abermals nach der Fliegenklappe und drischt auf den Tisch. Er schimpft)

M So ein Biest! Das will mich doch nur ärgern. Es ist zum Verrücktwerden. Aber das Vieh hat keine Chance!

K Entschuldigen Sie, Herr Mucks. Konzentrieren Sie sich auch wirklich auf unser interessantes Gespräch?

M Aber natürlich! Reden Sie nur weiter. Ich erwische das heimtückische Luder bestimmt noch.

K Wir kommen jetzt zum entscheidenden Punkt: Sie vertrauen doch, seit Sie wieder auf dem Lande wohnen, auf die menschliche Vernunft, nicht wahr?

M Absolut! Absolut!
(Lisa muht. Die Wand wackelt)

K Sehen Sie! Sie bestätigen haargenau die These von Professor Wiesenflinck. *(In zitierendem Tonfall)* „Sobald der Mensch seine Existenz in natürlichem Umfeld aufbaut und selbst zum Bestandteil der Natur wird, ergreift eine wunderschöne Harmonie Besitz von seiner Seele."
(Mucks drischt mit der Fliegenklappe zu)

K Entschuldigen Sie, Herr Mucks: Meinen Sie nicht, daß die Fliegenklappe ein altmodisches Instrument ist? Ein Instrument, das sich der städtische Zivilisationsmensch in seiner bekannten Naturfeindlichkeit ausgedacht hat?

M Altmodisch? Daß ich nicht lache! Die gesündeste Methode bei der Jagd auf Insekten ist die Fliegenklappe. Nicht für die Fliegen, versteht sich — für den Menschen ist die Fliegenklappe gesund. Wissen Sie, die Strips und die Sprays kommen für mich als Naturfreund nicht in Frage. Die chemischen Stoffe ruinieren nicht nur die Fliegen, die machen auch den Menschen kaputt.

K Na schön, aber wir wollen uns doch nicht von unserem schönen Thema ablenken lassen. Es geht schließlich um den Sieg der Vernunft, Herr Mucks!

M Ja, ja. Forschen Sie nur weiter.

K Also, Sie sind, wie wir feststellten, frei von Aggressionen.

M Absolut.

K Durch Naturverbundenheit.

M Genau.

K Und was müßte geschehen, damit die ganze Menschheit friedlich würde?

(Lisa droht die Wand einzudrücken. Mucks wird wütend)

M Lisa, wenn du nicht sofort friedlich bist, verkaufe ich dich morgen dem Metzger. *(Ruhiger zu Käthe Klapp)* Wo waren wir stehengeblieben?

K Was müßte geschehen, damit die ganze Menschheit friedlicher würde?

M Ja, was meint Ihr Professor?

K Das sagte ich schon: Herr Professor Wiesenflinck ist davon überzeugt, daß alle Probleme des menschlichen Zusammenlebens ausgeräumt wären, wenn alle Menschen naturnah lebten. Wie Sie, Herr Mucks.

M Wirklich?

K Ja, da gäbe es keine Aggressionen. Keine Freude am Bösen. Keine Lust an militärischen Überfällen. Die Menschheit wäre gerettet.

M *(ganz leise, indem er die Fliegenklappe ergreift)* Bitte, seien Sie ganz ruhig.

K Was ist denn, Herr Mucks?

M Muckmäuschenstill, bitte! — *(Nun spricht er mit einer unsichtbaren Fliege auf dem Tisch)* So, jetzt habe ich dich, du Scheusal! Jetzt gib acht, du Quälgeist!

(Mucks drischt mit der Fliegenklappe zu. Er jubelt)

M Was sag ich? Erwischt hab ich sie! Ja, im richtigen Moment muß man zuschlagen können, nicht wahr? Still muß man vorgehen. Und schnell muß man sein! *(Er steigert sich in Euphorie)* Im richtigen Moment zuschlagen. Das ist es. Schnell und gezielt. Patsch — und schon ist alles vorbei. Ja, ein Überraschungsschlag erfordert eben höchste Intelligenz.

(Lisa muht, die Wand wackelt bedrohlich, Käthe Klapp verläßt in Panik den idyllischen Raum)

— Licht aus! —

Erich Pawlu

Mit Kabrio und Lasso

A Mister Miller, ich begrüße Sie herzlich als Gastarbeiter aus den USA und hoffe, Sie fühlen sich bei uns wohl.

B Thank you. Danke sehr. Die Arbeit hier in der Bundesrepublik gefällt mir ausgezeichnet.

A Sie sprechen tadelloses Deutsch.

B Ja, meine Mutter stammt aus Heidelberg.

A Aha. Ihre Berufsausbildung erhielten Sie in den Staaten, Mister Miller?

B Yes, ich war ein paar Jahre Cowboy in Texas. Da lernt man mit dem Lasso umzugehen.

A Nun haben Sie es aber nicht mehr mit Pferden und Rinderherden zu tun.

B Nein, das ist vorbei. Ich arbeite hier für die Organisation ‚Lärmbekämpfung im Straßenverkehr'. Vor allem den Mopedfahrern gilt meine Aufmerksamkeit.

A Dann gehören Sie gewissermaßen zu den Umweltschützern.

B Wenn Sie so wollen, ja. Geblieben ist mir das vertraute Fanggerät: mein Lasso.

A Vom Pferd sind Sie umgestiegen auf das Auto?

B Direkt ins Kabrio. Mein Fahrer ist ein prächtiger Bursche. Er bringt mich immer genau auf die richtige Distanz. Da ist jeder Wurf eine todsichere Sache.

A Werfen Sie jedem Mopedfahrer das Lasso über den Kopf?

B Nein, wir schlagen nur zu, wenn die Knatterei das zulässige Limit überschreitet.

A Ist Ihre Fangmethode für den Verfolgten nicht gefährlich? Es kann doch leicht zu Stürzen kommen.

B Nein, sobald der Fahrer auf dem Moped spürt, wie sich die Schlinge zuzieht, bremst er und gibt auf. Wir stellen dann die Personalien fest und übergeben ihn der Polizei.

A Wie viele Mopedsünder erwischen Sie täglich?

B An schönen Abenden etwa ein Dutzend.

A Dann haben Sie in den vergangenen Wochen gewiß schon eine Menge für die Verkehrsberuhigung getan, Mister Miller.

B Das stimmt. Texas-Joe ist hier in allen Stadtteilen gefürchtet.

A Werden weitere Cowboy-Kollegen demnächst bei uns die Arbeit aufnehmen?

B Das nehme ich an. Der Bedarf an Lassospezialisten ist hierzulande außerordentlich groß. Andere Städte möchten dem Beispiel folgen. Da leisten wir gern ein wenig Entwicklungshilfe. Zur Zeit bilde ich eine Gruppe junger Polizisten aus. Es ist ein Lehrgang von drei Monaten.

A Sind die Leute dann im Umgang mit dem Wurfseil perfekt?

B Das kommt auf die Begabung an. Anfangs trainieren wir mit Fußgängern, später mit Radfahrern. Es ist eine schöne Abwechslung für alle.

A Ihre Tätigkeit, Mister Miller, ist eine ausgesprochene Saisonarbeit.

B Ja, ein echter Open-air-Job.

A Und im Winter?

B Geht es nach Garmisch.

A Zur Erholung?

B Nein, da ziehe ich die berüchtigten Pistensäue aus dem Verkehr.

— Licht aus! —

Gerd Karpe

Eheproblem

A Sie entschuldigen, Sie sind doch Eheberaterin?

B Ja. Ich bin's, auch wenn ich's nicht entschuldige.

A So?

B Ja.

A Aha. Ich hätte da nämlich ein Eheproblem.

B Jaja. Ehe, wem Ehe gebührt. Was ist das für ein Problem?

A Wir leben getrennt, meine Frau und ich.

B Aha. Sie wollen sich also scheiden lassen?

A Im Gegenteil. Wir wollen wieder zusammen.

B Aha. Versöhnen. Auch eine Möglichkeit.

A Nein. Keine Möglichkeit. Wir waren ja nie zerstritten.

B Ach so — ja, warum haben Sie sich dann getrennt?

A Hauptsächlich durch Verwirrung.

B Kein Scheidungsgrund. Nicht einmal heutzutage.

A Aber ich sag Ihnen doch, ich will ja wieder mit meiner Frau zusammen.

B Ja, wo wohnt denn Ihre Frau jetzt?

A Im dritten Stock.

B Im dritten Stock, wo?

A Von dem Haus, wo ich im vierten Stock wohne.

B Ach so — — no, das ist ja kein Problem. Gehören beide Wohnungen Ihnen?

A Nein. Mir gehört nur eine.

B Ach, und Ihre Frau lebt in einer fremden Wohnung?
A Nein. In meiner.
B Im dritten Stock.
A Nein, meine Wohnung ist im vierten Stock.
B Ja, aber Ihre Frau lebt doch im dritten!
A Eben. Ich sag's ja: Wir leben getrennt.
B Also doch nicht in Ihrer Wohnung?
A Freilich in meiner Wohnung.
B Das versteh ich nicht. Sie leben in einem Haus mit vier Stockwerken.
A Nein, mit drei.
B Aber Sie haben doch gesagt, Sie leben im vierten!!
A Eben!
B Ja, ist denn der vierte Stock überm Dach?
A Nein, was täte ich denn überm Dach? Da regnet's ja rein. Das hat höchstens Vorteile bei Hochwasser, weil es da von unten dicht ist.
B Ist ja egal. Sie jedenfalls leben unterm Dach.
A Im vierten Stock.
B In einem dreistöckigen Haus.
A Genau.
B Das versteh ich nie.
A Ich auch kaum. Aber es ist so. Sehen's ich bin ein bisserl eigen — und wollte partout eine Wohnung im vierten Stock.
B Aha.
A Jetzt hat aber das Haus, wo wir eingezogen sind, nur drei Stockwerke gehabt.
B Und dann...?
A Hab ich einen Dreh gefunden. Stockwerke sind ja eine Sache der Treppen, nicht wahr?
B Zum Teil, ja.
A Also sind wir von Anfang an nie zur Haustüre rein, sondern immer durchs Kellerfenster gekrochen, runtergesprungen und dann die Treppen raufgegangen — vier Treppen — also vierter Stock!
B Großartig —
A No ja —, so großartig war's auch wieder nicht. Der Umzug war eine Mordsstrapaze; bis wir alle Möbel durchs Kellerfenster geschmissen hatten, war schon viel kaputt.
B Auf diese Weise haben Sie wenigstens nicht so viel die vier Stockwerke rauftragen müssen.
A Damit haben wir ja gerechnet.

B Sagen Sie, was machen Sie, wenn Sie aus dem Haus gehen?
A Genau wie rein. Vier Stockwerke runter.
B Also in den Keller —
A Dann an der Wand rauf und durchs Kellerfenster.
B An der Wand rauf? Könnte man da nicht eine Leiter oder Treppe?
A Nein —, sonst hätte ich ja das Gefühl, ich bin im ersten Stock.
B Und wer springt schon gern im ersten Stock aus dem Fenster?
A Genau. Aber man nimmt ja einige Mühe in Kauf, für eine Wohnung im vierten Stock. Der Lärm ist weniger wie im dritten, die Aussicht schöner, die Luft besser —
B Mit einem Wort: vierter Stock!
A Genau. Nur das mit meiner Frau ist traurig.
B Ja, warum ist denn die umgezogen?
A Ist sie ja gar nicht. Das war so: Vorgestern hat meine Frau verschlafen, deshalb hat's ihr so pressiert, daß sie verwirrt war. Wie sie dann in der Früh vom Semmelholen gekommen ist, geht sie bei der Haustür rein statt beim Kellerfenster —, und seitdem leben wir getrennt: sie im dritten und ich im vierten Stock.

— Licht aus! —

Walter Netzsch

Steuern

A Grüß Gott, bin ich da richtig beim Finanzamt?
B Natürlich. Steht ja schließlich auch draußen.
A Das sagt gar nichts! Neulich war ich in einem Laden, da ist draußen gstanden ,,Metzgerei", und was hat's drin geben? Brot, Marmelade, Käse, Wein . . . und a bisserl Wurst.
B Jaja, das kann schon sein. Aber Sie können doch das Finanzamt nicht mit einer Metzgerei vergleichen!
A No, so unpassend wär's nicht . . . aber bitte, bei Ihnen gibt's keine Marmelade, Brot, Käse, Wein. . .
B Nein! Das gibt es hier nicht!!! Bitte kommen Sie jetzt zur Sache. Was wünschen Sie?
A Bei Ihnen gibt's Steuern?

B Ja, das heißt, wir sind eben für die Steuerberechnung und Veranlagung zuständig.

A Aha. Warum?

B Was, warum?

A Warum machen Sie das? Das ist doch ein sehr undankbares Geschäft...

B Naja, natürlich, — aber irgendwer muß es doch machen. Also, was wollen Sie jetzt eigentlich?

A Ja, ich hätte da eine Frage. Es gibt doch mehrere Steuern?

B Allerdings, was wollen Sie denn da wissen?

A Hundesteuer ist doch zum Beispiel für Hunde, obwohl kein Hund selber Steuer zahlen kann. So blöd ist kein Hund!

B Mit der Hundesteuer begleicht der Hundehalter eine Abgabe, die der Gemeinde zugute kommt.

A Ah? Wenn man einen Hund hat, ist man ein Hundehalter?

B Steuerlich gesehen, ja.

A Auch wenn der Hund so groß ist, daß man ihn oft gar nicht halten kann?

B Dann auch! Ist damit Ihre Frage erledigt?

A Noch lange nicht. Es gibt doch auch die Einkommensteuer?

B Allerdings.

A Zahlen dann Doppelverdiener Zweikommensteuer?

B Das ist doch Blödsinn. Doppelverdiener zahlen eben entsprechend mehr Einkommensteuer!

A Eine Mehrwertsteuer gibt's auch, gell?

B Ja, die gibt's auch! Aber jetzt sagen Sie bitte endlich, was Sie hier wollen!

A Eine Auskunft. Sie sind schließlich die Auskunftsstelle vom Finanzamt.

B Jaja, allerdings. Aber was wollen Sie eigentlich wissen? So viel Zeit habe ich auch nicht.

A Ah ja, ich verstehe, Sie müssen neue Steuern erfinden!

B Nein!

A Nicht? Haben Sie genügend Steuern?

B Das ist nicht meine Sache.

A Nicht? Ja, wer erfindet dann die Steuern?

B Der Gesetzgeber.

A Auf welcher Zimmernummer sitzt der?

B Wer?

A Der Herr Gesetzgeber?

B Das ist kein Herr, das ist . . . ich weiß gar nicht, warum ich Ihnen das hier alles erklären soll!

A Weil Sie eine Auskunft sind. Steht draußen!

B Ja natürlich! Über was wollen Sie denn eine Auskunft haben?

A Davon red ich doch die ganze Zeit: über Steuern!

B Ja, das weiß ich! Aber Steuern gibt es viele!

A Ja? Wie viele?

B Das kann ich Ihnen nicht sagen.

A Was? Sie sind eine Auskunft beim Finanzamt und wissen nicht, wieviel Steuern es gibt? Das ist ja grad so, wie wenn eine Mutter nicht weiß, wie viele Kinder sie hat.

B Also, da ist doch wohl ein Unterschied!

A Stimmt. Kinder sind nicht überflüssig.

B Steuern auch nicht!

A Sagen Sie —! Und wissen nicht einmal, wieviel es gibt!

B Also, jetzt werd ich Ihnen mal was sagen *(sehr schnell sprechend)!* Es gibt: gemeinschaftliche Steuer, Bundessteuern, Ländersteuern und Gemeindesteuern. Zu den ersten gehören die Lohn-, Einkommen-, Kapitalertrags-, Abzugs-, Körperschafts-, Umsatz- oder Mehrwert- und Einfuhrumsatzsteuer —

A Ja, was ist das?

B *(läßt sich nicht unterbrechen)* Bundessteuer sind Kapital-, Verkehrs-, Versicherungs-, Wechsel-, Tabak-, Kaffee-, Tee-, Zucker-, Salz-, Branntwein-, Schaumwein-, Zündwaren-, Leuchtmittel-, Spielkarten- und Mineralölsteuer sowie Zölle —

A Ah, so ist das!

B *(spricht unbeirrt weiter)* Ländersteuern sind Vermögens-, Erbschafts-, Grunderwerbs-, Kraftfahrzeug-, Rennwett- und Lotterie-, Feuerschutz-, Bier- und sonstige Ländersteuern —

A Was Sie nicht sagen...

B *(weiter redend)* Gemeindesteuern sind Gewerbe-, Grund-, Grunderwerbs-, Hunde-, Vergnügungs-, Getränke-, Jagd- und Fischereisteuer und ähnliche.

A Soso. Die ähnlichen auch?

B Na? Haben Sie das jetzt verstanden?

A Freilich. Ist ja ganz einfach, gell? Klar und leicht zu behalten!

B Leicht zu behalten...? Sagen Sie bloß, Sie haben sich das gemerkt?

A Nein, ich nicht . . ., mein Bekannter aus Österreich, der kann sich's leicht merken, den schick ich Ihnen morgen!

B Wieso kann der sich's merken? Ist der Mathematiker?
A Nein — Steiermerker...!

— Licht aus! —

Walter Netzsch

Sicherheitsgurte

(Eine Ladenklingel ertönt)
A Grüß Gott! Bitte schön, haben Sie Sicherheitsgurte?
B Ja natürlich, wir sind ja ein Autozubehörspezialgeschäft und...
A Wie war des? Sagens des bitte nochmal —
B Autozubehörspezialgeschäft..., warum?
A Wie können Sie sich so ein langes Wort merken?
B Das — das — also das ist doch jetzt nicht wichtig. Was wünschen Sie bitte?
A Ich habs vorhin schon gesagt: Sicherheitsgurte.
B Ach ja, stimmt — die können Sie natürlich haben.
A Ja? Geben Sie denn die Ihren her?
B Wie meinen Sie jetzt des?
A Die, die Sie jetzt anhaben.
B Aber jetzt hab ich doch keine an!
A Sie sind gut: In der Zeitung hat's geheißen, Sicherheitsgurte soll man immer tragen. Immer! Ist jetzt vielleicht nicht immer?
B Nein, das heißt, natürlich ja: Immer ist ja immer.
A Eben.
B Aber gemeint ist doch, im Auto soll man sie immer tragen.
A Ja, schon — aber wer ist schon immer im Auto? Genaugenommen fast niemand. Stellen Sie sich das einmal vor — essen, schlafen, denken — alles immer im Auto!
B Also, was wollen Sie jetzt?
A Jetzt? Ja, sehen's, jetzt wird's problematisch. Sicherheitsgurte möchte ich, weil man's doch braucht. Aber jetzt brauch ich sie nicht, weil hier kein Auto ist.
B Nein, aber wenn Sie ins Auto steigen, dann...
A Halt, halt, Moment, angenommen, es wäre hier herinnen ein Auto. Bräuchte ich dann dazu Sicherheitsgurte?

B Da herinnen natürlich nicht. Zum Fahren müssen Sie Sicherheitsgurte haben.

A Zum Fahren? Ich hab gedacht, da braucht man einen Motor?

B Natürlich braucht man zum Fahren einen Motor.

A Gell, ich hab mir's gleich gedacht.

B Aber wenn Sie mit Motor fahren, dann müssen Sie . . .

A Haben Sie eigentlich Motore hier auch?

B Nein!! Autozubehör und Sicherheitsgurte.

A Jaja, des ham's ja schon gesagt: Autozubehörspezialgeschäft.

B Ja! Das ist doch jetzt egal, ich will wissen, was Sie . . .

A Sie, müßte das nicht eigentlich heißen Autozubehörnichtmotorsicherheitsgurtspezialgeschäft?

B Meinetwegen nennen Sie's, wie Sie's wollen.

A Des ist ja dumm. Ich könnte es ja auch Metzgerei nennen wollen, das wäre Ihnen sicher nicht recht.

B Gut, gut, gut — Sie wollen also Sicherheitsgurte?

A Nein, noch nicht. Zuerst will ich wissen: Wozu braucht man im Auto Sicherheitsgurte?

B Also, das sollten Sie eigentlich wissen.

A Eigentlich schon, aber . . .

B Also, wenn Sie zum Beispiel mit dem Auto an einen Baum fahren, dann sind Sicherheitsgurte sehr wertvoll.

A Sonst nicht? Sie sind vielleicht gut! Wer fährt schon, nur zum Beispiel, an einen Baum? Das wär ja ein ganz schlechtes Beispiel!

B Aber das ist doch nur ein Beispiel für den Zweck der Sicherheitsgurte! Sie können doch genausogut an eine Mauer fahren oder gegen ein anderes Auto . . .

A Genausogut ist gut! Sie, das ist vielleicht ein Riesenunterschied zwischen Baum, Mauer und Auto. Probiern's das einmal aus, dann . . .

B Natürlich . . ., ich will doch damit nur sagen: Sicherheitsgurte sind für Zusammenstöße aller Art sehr wertvoll!

A Für Zusammenstöße? Mhm. Wissen's, ich bin an sich eher gegen Zusammenstöße aller Art. Man hat ja nix davon, oder?

B Ich bitt' Sie! Das ist doch jeder, nur —

A Halt! Außer den Sicherheitsgurten, weil die sind ja dafür da.

B Jetzt passen's doch bitte einmal auf: Wenn man einen Sicherheitsgurt im Auto anlegt und dann das Pech hat, einen Zusammenstoß zu haben, dann fliegt man zum Beispiel nicht durch die Windschutzscheibe.

A Fliegt man nicht?

B Nein.

A Jetzt des versteh ich auch wieder nicht ganz. Gerade beim Fliegen hat man ja schon immer Sicherheitsgurte gebraucht.

B Ja, im Flugzeug! Da schon!

A Freilich im Flugzeug, wo denn sonst? Oder sind Sie schon einmal mit der Trambahn geflogen?

B In der Trambahn trägt man ja auch keine Sicherheitsgurte.

A Warum eigentlich nicht? Trambahnen stoßen doch auch zusammen?

B Allerdings, das schon...

A Warum trägt man dann in der Trambahn keine Sicherheitsgurte?

B Weil das doch viel zu umständlich wäre, stellen Sie sich das einmal vor!

A Und im Auto, da ist's nicht umständlich?

B Doch. Aber es geht ja um die Gesundheit! Außerdem, im Auto ist man einfach mehr gefährdet als in der Trambahn.

A Ja Sie, dann wär doch die beste Lösung, wenn alle Leute nur noch Trambahn fahren würden.

B Ahh — Sie machen mich noch wahnsinnig! Mit der Trambahn kommt man doch nicht überall hin.

A Aber mit dem Auto schon?

B Ja.

A Auch zum Beispiel in den Bodensee. Mitten hinein?

B Nein, da natürlich nicht. Ein Auto schwimmt doch nicht!

A Auch nicht, wenn man Sicherheitsgurte umhat?

B Nein!

A Ja, wozu braucht man dann Sicherheitsgurte? Immer?

B Ich hab's Ihnen doch schon gesagt —, das weiß ja jedes Kind.

A Ja, ein Kind schon. Das hat ja sogar Sicherheitsgurte im Bett, damit's net rausfällt, wenn's schläft!

B Eben, eben. Genauso ist's im Auto.

A Irrtum. Wenn man im Auto schläft, helfen die Sicherheitsgurte auch nicht viel.

B Sie erhöhen die Sicherheit in Ihrem Auto, verstehen's des?

A Nein.

B Warum denn nicht?

A Weil ich gar kein Auto hab!

B Ja, warum kommen's denn hier überhaupt rein und halten mich solang auf?

A Ja, des sehn's doch. Weil ich kein Auto hab. Mit einem Auto wär ich ja nie da reingekommen. Nicht einmal mit Sicherheitsgurten. Die Tür ist ja zu klein.

B Aus einem Auto kann man doch auch aussteigen!

A Nicht, wenn man Sicherheitsgurte umhat.

B Dann macht man sie eben auf.

A Aber dann nützen sie ja nichts mehr!

B Also bitte, gehn's jetzt endlich, des begreifen Sie nie.

A Des kann Ihnen ja egal sein! Sagen's einmal: Für Fahrräder ham Sie keine Sicherheitsgurte?

B Nein, die gibt's nicht.

A Schad — weil da wär's nämlich gangen —

B Was?

A Mit einem Radl wär ich auch da reingekommen — sogar mit Sicherheitsgurten! Auf Wiedersehn!

— Licht aus! —

Walter Netzsch

Gezieltes Schlafprogramm

,,Frau Waurich, Sie haben eine Aktionsgemeinschaft gegründet, die eine Änderung des derzeitigen Fernsehprogramms fordert. Welches sind Ihre Ziele?"

,,Wir fordern ein gezieltes Schlafprogramm."

,,Ein Schlafprogramm?"

,,Jawohl! Jüngste Meinungsumfragen haben klipp und klar bestätigt, daß sich ein Großteil der Bürger dieses Landes vor den Bildschirm setzt, um zu schlafen. Mit unserer Aktion wollen wir dazu beitragen, daß die Sendeanstalten die Wünsche der Gebührenzahler nach einem Schlafprogramm noch stärker berücksichtigen als bisher."

,,Aber es ist doch in dieser Richtung schon allerlei getan worden!"

,,Das stimmt. Die Bemühungen der Programmgestalter sollten aber noch wesentlich verstärkt werden."

,,Welches Programm hat sich denn bislang als besonders schlafördernd erwiesen?"

,,Da gehen die Meinungen auseinander. In unserer Aktionsgemeinschaft haben wir eingeschworene ZDF-Schläfer, aber auch Mitglieder, die nichts auf die einlullende Schlafwirkung einzelner ARD-Sendungen kommen lassen.“

„Welche Möbelstücke werden vom Fernsehschläfer bevorzugt?“

„Es gibt das Nickerchen im Sessel, den erholsamen Fernsehschlaf auf der Couch, aber auch den außerordentlich gefährdeten Stuhlschläfer.“

„Wieso gefährdet?“

„Nun, wegen der Verletzungsgefahr bei Stürzen. Die Industrie hat für diesen Typus von Fernsehschläfer den sogenannten Telegurt entwickelt.“

„Richtig! Daher der Werbeslogan: Angeschnallt durchs Abendprogramm.“

„Ganz recht. Um jedes Sicherheitsrisiko zu vermeiden, legen sich manche Fernsehschläfer gleich auf den Teppich.“

„Wie sollte nun nach Ihrer Meinung das gezielte Schlafprogramm aussehen, Frau Waurich? Mehr Krimi oder mehr Sport?“

„Um Himmels willen! Möglichst überhaupt kein Krimi, kein Sport, keine Sexfilme! Der streßgeplagte Bürger sollte vor dem Bildschirm vor jeder unnötigen Aufregung geschützt werden. Was wir brauchen, sind mehr Moderatoren mit sanfter Stimme, einschläfernde Interviews, eintönige musikalische Darbietungen und ideenlose Talk-Shows. In Ansätzen ist das zwar schon alles vorhanden, aber es fehlt dem Schlafprogramm gewissermaßen noch der letzte Schliff.“

„Was werden die Herren Programmgestalter zu der Forderung sagen?“

„Das anfängliche Unverständnis wird sich sehr rasch in spontane Begeisterung für unsere Forderung verwandeln.“

„Warum?“

„Weil die Herren bald erkennen werden, daß der Fernsehschläfer ein besonders dankbarer Teilnehmer ist. Er erhöht die Einschaltquote und meckert nie.“

„Erhoffen Sie sich auch von offizieller Seite Unterstützung für Ihre Forderung nach dem gezielten Schlafprogramm?“

„Die Bundesregierung hat uns schon ihre volle Unterstützung zugesichert.“

„Weshalb die Bundesregierung?“

„Weil unser Bemühen nicht unwesentlich zur Kostendämpfung im Gesundheitswesen beiträgt.“

„Zur Kostendämpfung im Gesundheitswesen?“

„Sogar in doppelter Hinsicht.“

,,Das verstehe ich nicht.''
,,Sehen Sie, zum einen wird durch unsere Forderung der Schlaf vor Mitternacht gefördert. Das dient ganz allgemein der Volksgesundheit.''
,,Und zum anderen?''
,,Zum anderen sparen die Krankenkassen die Ausgaben für Schlafmittel.''

— Licht aus! —

Gerd Karpe

Wettbewerb im Schülertal

,,Du, Günter, ich habe mir heute vormittag die neuesten Prospekte geholt.''
,,Was für Prospekte?''
,,Die Schulprospekte von allen drei Gymnasien. Davon haben wir doch gestern schon gesprochen. Twellmeiers Andreas ist im nächsten Jahr auch mit der Grundschule fertig. Genau wie unser Till. Frau Twellmeier war von den Angeboten ganz begeistert.''
,,Wieso?''
,,Weil jetzt endlich die Kinder im Blickpunkt stehen. Die sind von jetzt ab keine anonymen Nummern mehr. Vorbei die Zeiten namenloser Schülerscharen!''
,,Bist du sicher?''
,,Ich habe mich doch heute selber davon überzeugen können. Jetzt, wo der Kultusminister den pädagogischen Wettbewerb freigegeben hat, tut sich was, kann ich dir sagen! Eines der drei Gymnasien — das mit den wenigsten Anmeldungen — soll nächstes Jahr aufgelöst werden.''
,,Da geraten die Studienräte in Panik, wie?''
,,Das kannst du mir glauben. Wer will schon an irgendeinen ungeliebten Ort versetzt werden. Jetzt wird alles getan, um den Fortbestand der Schulen zu sichern.''
,,Wie bist du empfangen worden?''
,,Mit äußerster Herzlichkeit. Kein Direktor hat es sich nehmen lassen, mich persönlich zu begrüßen.''

„Alle Achtung!"
„Im Helmholtz-Gymnasium gab es nach dem Informations-Gespräch Kaffee und Kuchen."
„Und im Uhland-Gymnasium?"
„Bekam ich vom Direktor einen Blumenstrauß."
„Sieh mal an! Und wie war's im Kopernikus-Gymnasium?"
„Da wurde mir ein Gutschein für einen Konzertbesuch im Stadttheater überreicht. Für zwei Personen."
„Auch nicht schlecht. Bildung und Kunst in holder Eintracht. Was aber versprechen die Prospekte?"
„Paß auf! Das Helmholtz-Gymnasium bietet an: Unterricht mit musischer Freizeit. Kostenlose Hausaufgabenhilfe. Individuelle Förderung der Schülerpersönlichkeit durch sämtliche Glieder des Lehrkörpers. Die Freiheit des Lernens als Prinzip. Fahrgeldzuschuß für Schüler und Schülerinnen aus abgelegenen Stadtteilen und Landkreisbezirken."
„Das kann sich hören lassen!"
„Im Uhland-Gymnasium ist man auch nicht gerade kleinlich. Hauptpunkt: gymnasiale Bildung unter Fortfall der Hausaufgaben. An allen Schultagen erhalten die Schüler im Sommer ein Pauseneis gratis und im Winter eine Kraftbrühe. Auf Wunsch Übernahme der Kosten für Klavierunterricht oder Reiten."
„Na endlich wird was für die Kinder getan! Und was bietet das Kopernikus-Gymnasium?'
„Das ist geradezu überwältigend! Stell dir vor, da erhält jeder Schüler bei der Einschulung eine Abitur-Garantiekarte!"
„Phantastisch! Da sage bloß noch einer, die Jugend von heute sei chancenlos!"

— Licht aus! —

Gerd Karpe

Soviel Gemeinsames

„Kennen wir uns nicht? Oder irre ich mich?"
„Nein, nein! Sie irren sich nicht. Natürlich kennen wir uns, und zwar, ich glaube. . ."

„Richtig! Wir wollten doch eigentlich immer mal...!“
„... irgend etwas gemeinsam!“
„Eben!“
„Hat sich nur leider nie richtig ergeben!“
„Wieso eigentlich nicht?“
„Da war immer zuviel anderes, Sie wissen ja, der Alltagsstreß.“
„Einmal das, und überhaupt, die leidige Pflicht!“
„Aber jetzt?“
„Also wirklich!“
„... nach allem, was Sie...“
„Na, und Sie erst!“
„Also gut, ha, ha, ha, sagen wir, was wir beide!“
„Praktisch immer auf einer Ebene!“
„Zumindest im Ansatz!“
„Zumindest in der Planung!“
„Oder zumindest gewissermaßen.“
„Darauf ließe sich doch gemeinsam etwas aufbauen, mein Lieber!“
„Gerade in schwieriger werdenden Zeiten...“
„... könnten wir dazu beitragen helfen, Sie und ich, daß sie wieder besser werden!“
„Sie geben mir Mut!“
„Sie machen mir Spaß! Ich Ihnen? Sie mir!“
„Nun gut, jedenfalls Mut.“
„Den brauchen wir beide!“
„Da ist nämlich eines: Ich bin zur Zeit vollkommen pleite.“
„Dann haben wir ja noch etwas gemeinsam: ich auch!“

— Licht aus! —

Dieter Höss

Ein langer Lernprozeß

„Fräulein Wagner, Sie haben jetzt fast 5000 DM auf Ihrem Giro-Konto. Da kriegen Sie nur ein halbes Prozent Zinsen im Jahr. Meinen Sie nicht, daß Sie das Geld besser anlegen sollten?“
„Ja, an was haben Sie gedacht?“
„Zum Beispiel Pfandbriefe...“

„Will Ihre Bank bei mir pfänden?"
„Nein. Das sind solide Wertpapiere, absolut sicher. Genauso wie Anleihen oder Schatzbriefe."
„Och, von meinem Schatz bekomme ich genügend Briefe!"
„Ich spreche von festverzinslichen Rentenpapieren. Wenn Sie Ihre 5000 DM nicht so schnell brauchen, empfehle ich Ihnen Langläufer..."
„Also mit Jogging und so hab' ich nichts am Hut!"
„Sie mißverstehen mich, ich meine Kommunalobligationen, Schuldverschreibungen mit langer Laufzeit..."
„Wieso wollen Sie mir eine Schuld verschreiben?"
„Nein, sehen Sie, Sie leihen z.B. einer Kommune Ihre 5000 DM und bekommen dafür jedes Jahr sagen wir 8 % Zins."
„Nach all dem, was ich über Kommunen mit diesen langhaarigen Typen gehört habe, leihe ich denen nichts!"
„Nein, nein... Das sind doch Länder und Gemeinden."
„Auch die sind verschuldet bis obenhin, da leihe ich erst recht nichts her!"
„Ich würde dennoch vorschlagen, Sie sollten zugreifen, ehe vielleicht noch die Quellensteuer eingeführt wird."
„Was? Ja will man denn jetzt schon unsere Flüsse besteuern?"
„O je... Nein. Damit ist eine Besteuerung der Wertpapierzinsen gemeint... Wir könnten es ja auch mit Aktien versuchen. Ein vertraulicher Tip: Es läuft das Börsengerücht, daß es bei Kaufstadt demnächst Gratisaktien geben soll..."
„Das ist ja prima. Aktien gratis! Also wenn die nichts kosten, dann nehme ich gleich mal 100 Stück!"
„Die kosten schon was; das sind Berichtigungsaktien, die keinen Bezugskurs haben. Die Kaufstadt-Aktien sind wirklich billig, haben ein gutes Kurs-/Gewinnverhältnis und einen günstigen Cash flow!"
„Was für ein Floh?"
„Das ist eine betriebswirtschaftliche Kennziffer... Empfehlenswert wäre auch die Pelzfirma Inter-Tiger. Die geht jetzt an die Börse und gibt Aktien aus. Eine sicherlich gute Anlage. Da sind Sie direkt dabei!"
„Pelze, sagen Sie. Ja, das ist eine gute Anlage. Wissen Sie was? Geben Sie mir meine 5000 DM und ich lege das Geld noch direkter an — in einer schicken Nerzjacke bei Inter-Tiger..."

— Licht aus! —

Bernd Ellermann

Im Surfladen

„Grüß Gott!"
„Hello!"
„Ich wollte fragen, ob Sie das neue Surf..."
„Hey man, wir haben alles, was im Surfen ‚in' ist. Schauen Sie mal hinter sich. Gerade reingekommen. Ein Double-Winger-Swallowtail-Board für Funeinsteiger. Oder daneben, der ‚480 Contra', als Euro-Floater mit Squashtail geshapt. Oder gefällt Ihnen die getunte Version in Sandwich-Epoxy besser?"
„Ja wissen Sie, ich dachte..."
„Aha! Vielleicht den PE-Allrounder da drüben, fast schon ein Semi-Sinker. Der Jet Bottom bringt Sie früh ins Gleiten. Genauso der ‚Race-Spinner' dort mit Pintail-Winger-Outline, scharfen rails und sechs asymmetrischen Channels..."
„Sie mißverstehen mich, ich wollte..."
„Ich weiß, Sie sind vom Fach. Was sagen Sie zum neuen Wave-Jumper „Hawaii-Cat'? Ein Board mit doppelkonkavem Unterwasser-shape. Und die neue Kantenform ‚Tucked under edge'. Für radikale Manöver. Extrem gut beim Wave-riding. Ein Funboard für die Welle! Whow!"
„Jetzt hören Sie doch mal..."
„Ich sage Ihnen, das ist eine echte Alternative zu den Custom made Sinkern."
„Lassen Sie mich doch..."
„Dazu gehört natürlich der Power-Rigg mit biradialem Segel-Schnitt oder zumindest High-Clew. Toll ist auch der kombinierte Radial-Horizontal-Cut aus Hardfinishtuch. Das paßt aber nur zum neuen Basis-Vario-Alu-Gabelbaum ‚Crash 300 S', versteht sich!"
„Mir reicht's..."
„Also, die neuen Riggs bringen mächtig speed! Aber Sie sind trotzdem wendig, wenn Sie Thruster-Finnen haben... Was ist denn? Sagen Sie bloß, Sie sind Anfänger, Mann! Was wollen Sie eigentlich?"
„Ich wollte eigentlich nur das neue Surflexikon..."

— Licht aus! —

Bernd Ellermann

Nur Wiegen ist schöner

Eine spielbare Kurzgeschichte

Als Isabel von mir erfuhr, daß pro Person höchstens zwanzig Kilogramm Fluggepäck zulässig seien, sah sie mich fassungslos an.
,,Wieviel ist das?" wollte sie wissen.
,,Zwanzig Kilo sind vierzig Pfund", sagte ich.
,,Ich meine umgerechnet in Kleidern, Blusen, Röcken und Schuhen?"
,,Keine Ahnung", erwiderte ich. ,,Pack deinen Koffer voll, dann wird es schon hinkommen."
,,Und wenn er schwerer ist?"
,,Bleibt er auf dem Flughafen."
,,Das fehlte noch", sagte sie. ,,Und ich laufe drei Wochen lang ohne etwas zum Anziehen in Italien herum."
,,Na und — dann hast du hernach wenigstens keine Schmutzwäsche!"
,,Moment", sagte Isabel, ,,ist es richtig, daß jede Person zwanzig Kilogramm Gepäck an Bord der Maschine bringen darf?"
,,So ist es."
,,Das finde ich aber ungerecht."
,,Wieso ist das ungerecht?"
,,Weil du fünfzehn Kilo mehr wiegst als ich. Ginge es gerecht zu, müßte ich fünfunddreißig Kilo mitnehmen dürfen."
,,Warum fünfunddreißig?"
,,Weil nach Adam Riese zwanzig plus fünfzehn fünfunddreißig ist. Dann erst hätten wir beide das gleiche Gewicht an Bord."
Eigentlich hatte sie recht.
,,Es geht schließlich nicht um die Figur", versuchte ich zu erklären. ,,Völlig egal, ob einer dick oder dünn ist. Oder möchtest du vielleicht, daß außer der Gepäck- und Körperkontrolle auch noch eine Gewichtsprüfung nach Mastviehart durchgeführt wird?"
Der Vergleich mit dem Mastvieh schreckte sie offensichtlich ab.
,,Hier ist mein Koffer, fix und fertig gepackt", sagte Isabel. ,,Was meinst du, wie schwer er ist?"
Ich hob ihn an.
,,Ich habe das Gefühl, der ist schon etwas zu schwer."
,,Deine Gefühle sind unzuverlässig. Wiege ihn lieber."
,,Aber wie?" fragte ich.
,,Auf unserer Personenwaage."
,,Das geht nicht. Der Koffer hält nicht auf der kleinen Waage."

Isabel verschwand aus dem Zimmer und kam mit der Personenwaage zurück.
„Bitte stell dich drauf!“ sagte sie.
„Ich bin doch nicht dein Koffer!“
„Also paß auf: Zuerst wiege ich dich. Dann reiche ich dir den Koffer. Von dem Gesamtgewicht ziehen wir dein Körpergewicht ab...“
Ich stellte mich auf die Waage.
„78 Kilogramm“, sagte Isabel. „Und hier der Koffer.“
Ich hielt ihn mit beiden Armen umschlungen, um nicht das Gleichgewicht zu verlieren.
„Steh bitte still“, sagte Isabel. „Nicht wackeln! So, gleich haben wir's! Insgesamt 97 Kilo. 97 minus 78 ist, äh...“
Ich griff zum Taschenrechner.
„Neunzehn. Dein Koffer wiegt neunzehn Kilo“, sagte ich, vor Anstrengung noch schwer atmend.
„Na siehst du, dann kann ich doch noch das blaue Kostüm mitnehmen!“

— Licht aus! —

Gerd Karpe

Unser Nikolausbub

Eine spielbare Kurzgeschichte

„Haben Sie“, fragte Herr Dr. Bellmann bei der Weihnachtsmannvermittlung an, „auch pädagogisch geschultes Personal?“
„In großer Auswahl“, versicherte der Vermittler. „Empfehlen könnte ich Ihnen einen Sozialarbeiter mit Einser-Examen.“
„Ein Sozialfall sind wir nun ja eigentlich nicht“, sagte Frau Dr. Bellmann pikiert. „Wie steht es mit arbeitslosen Gymnasiallehrern?“
„Haben wir selbstverständlich auch“, antwortete der Vermittler. „Herr Dr. Kurtz hat sogar in Psychologie promoviert.“
„Das könnte gehen.“
Der Vermittler bat Herrn Dr. Kurtz unverzüglich zum Vorgespräch.

,,Unser Ingo ist für seine fünf Jahre recht aufgeweckt", erklärte Frau Dr. Bellmann. ,,Nur manchmal ist er ein wenig unartig. Wie Kinder so sind. All seinen Teddys hat er bisher Kopf und Beine abgesägt."
,,Ich verstehe", sagte Herr Dr. Kurtz. ,,Am besten bringe ich den Knecht Ruprecht mit. Der knurrt dann ein bißchen und rasselt mit der Kette."
,,Sind Sie von allen guten Geistern verlassen?" Frau Dr. Bellmann sprang in großer Erregung auf. ,,Für Steinzeitpädagogik sind wir nicht zu haben", sagte sie. ,,Wir sollten gehen, Albert!"
,,Bitte beruhigen Sie sich, gnädige Frau", beschwichtigte Herr Dr. Kurtz. ,,Ich lasse Knecht Ruprecht ebenso gern zu Hause."
,,Lassen Sie auch Ihre Reisigrute und Ihren erhobenen Zeigefinger weg", ordnete die Kundin an. ,,Wir beschäftigen Sie nicht, damit Sie unser Kind einschüchtern oder seelisch verstören."
,,Auch nicht, damit Sie durch Ihre Drohgebärden und Ihre Aggressivität irgendeinen verrohenden Einfluß auf unseren Jungen ausüben", ergänzte Herr Dr. Bellmann. ,,Wir suchen einen gütigen Nikolaus."
,,Das ist mir sogar lieber", versicherte Herr Dr. Kurtz. ,,Am besten, ich erwähne das Teddy-Zersägen überhaupt nicht."
,,Ich würde Ingo an Ihrer Stelle dafür loben, daß er schon so geschickt mit einer Säge umzugehen versteht", schlug Herr Dr. Bellmann vor. ,,Danach können Sie als Nikolaus durchaus an seine Vernunft appellieren und ihm erklären, was für ein teures Spielzeug so ein Teddy heutzutage ist."
,,Genauso werde ich's machen", versprach der angehende Nikolaus. ,,Wann soll ich denn vorbeikommen?"
,,Frau Dr. Bellmann warf einen Blick in ihren Terminkalender. ,,Kaum noch etwas frei", seufzte sie. ,,Dienstag läuft Ingos Lieblingsprogramm, diese alten Filme mit den herrlichen Prügelszenen. Mittwoch sieht er ,Flash Gordon räumt auf'. Donnerstag gehe ich mit ihm ins Kino, in ,Eine Faus reist von Fresse zu Fresse'. Ist eigentlich erst frei ab zwölf", sagte sie ein wenig errötend. ,,Freitag läuft ,Rauchende Colts' und im Schulfernsehen ,Der Krieg im Tschad'."
Da sprach Herr Dr. Bellmann ein Machtwort. ,,Immer dieses Fernsehen", sagte er. ,,Kommen Sie Freitag nur vorbei. Ausnahmsweise wird man die Glotze ja ein wenig leiser stellen können, wenn der Nikolaus im Haus ist."
,,Wäre schön, wenn sich das einrichten ließe", sagte Herr Dr. Kurtz. ,,Was soll ich für Ingo in den Rucksack packen?"
,,Nichts Süßes", ordnete Frau Dr. Bellmann an. ,,Seine Zähne sind

ohnehin schon kariös... Mein Mann und ich möchten den Jungen so früh wie möglich an die Kulturgüter heranführen. Vor allem die Antike lieben wir sehr. Ich habe ihm daher die Videokassette gekauft: *Polyphem frißt die Gefährten des Odysseus.*

— Licht aus! —

Bernhard O. Prattler

Durchlauf-Erhitzer

Während einer heiteren Veranstaltung, einer Abschlußparty nach einer Konferenz, auch während einer Tanzveranstaltung, einem Faschings- oder Karnevalsball oder während eines Sommer-, Garten- oder Jubiläumsfestes treten zwischendurch — also von Zeit zu Zeit — zwei Spieler(innen) auf und führen einen Mini-Blackout auf. Es ist unerläßlich, daß bei ein und derselben Veranstaltung stets die beiden gleichen Darsteller auftreten; denn die Zuschauer haben sich bereits nach dem zweiten Auftritt auf diese beiden Spieler(innen) eingestellt und freuen sich auf deren weitere ‚Kurz-Einlagen'.
Entscheidend ist die Kürze der jeweiligen Vorführung. Ein gut pointierter Witz, auch wenn dieser bei manchem Zuschauer erst spät zündet, ist der Clou dieser ‚Durchlauf-Erhitzer', die — je nach Länge der Veranstaltung — in kurzen oder längeren Abständen ‚eingeblendet' werden. Es können entweder zwei Damen oder zwei Herren oder ein gemischtes Paar einen Abend mit ihren Einlagen bestreiten.
Die Darsteller dürfen extravagant gekleidet und mit typisierenden Utensilien ausgestattet sein. Jeder neue Auftritt wird durch ein akustisches Zeichen (Gong, Tusch, Klingel, Schelle) angekündigt. Bei der Schlußpointe geht jeweils das Licht aus.

Beispiele

Zwei Freundinnen: Lydia und Hannelore. Die eine kommt von links, die andere von rechts: auf die Bühne, vor den geschlossenen Vorhang, auf ein Podium, in die Mitte der Tanzfläche etc.

L Hallo, Hannelore! Wie geht's immer so?
H Danke, Lydia, eigentlich recht gut. Mein Oskar ist übrigens Veterinär geworden.
L Was sagst du da, Veterinär? Dann muß dein Oskar ja schon steinalt sein!
H Wieso steinalt?
L Veterinäre sind doch diese ausgedienten Soldaten aus dem Zweiten Weltkrieg!
H Aber Lydia! Du verwechselst das mit den Veteranen!
L Ach so. Und was ist dann ein Veterinär?
H Ein Veterinär ist ein Mensch, der kein Fleisch und keine Wurst ißt und nur von Suppengrün lebt.

*

H Hallo Lydia! Was ist denn mit dir los? Du siehst ja ganz mitgenommen aus!

L Kein Wunder! Ich hatte heute doch meine Führerscheinprüfung.

H Und — hast du sie bestanden?

L Das weiß ich nicht.

H Wieso weißt du das nicht?

L Mein Fahrlehrer und der Prüfer liegen noch im Krankenhaus.

*

L Hallo, Hannelore! Wie geht's immer so?

H Danke, soweit gut. Und dir, Lydia?

L Zufriedenstellend. Mein Walter hat vergangene Woche die Prokura bekommen.

H Was? So jung und bereits die Prokura? In welchem Krankenhaus liegt er denn?

*

L Hallo, Hannelore! Wir haben uns lange nicht mehr gesehen!

H Ich war in Rom. Einfach herrlich!

L Bist du auch im Vatikanischen Museum gewesen?

H Aber selbstverständlich!

L Bei der Laokoon-Gruppe?

H Nein, bei der Touropa-Gruppe.

*

L Hallo, Hannelore! Wie geht es dir?

H Ich kann nicht klagen. Und dir?

L Ich war vorige Woche krank geschrieben. Schluckbeschwerden.

H Da hattest du ja vermutlich Zeit, das Buch zu lesen, das ich dir geliehen hatte.

L Ja.

H Und — fandest du es interessant und aufregend?

L Das Buch weniger, aber den Brief, den du als Lesezeichen beigelegt hattest.

Zwei Freunde — Heinz und Dieter — treffen sich

H Hallo, Dieter! Sieht man dich auch mal wieder?
D Guten Abend, Heinz!
H Gut siehst du aus! Seit du verheiratet bist, wirst du immer jünger.
D Ja, weißt du, Heinz: Ich rauche auch nur noch heimlich.

*

D Servus, Heinz! Was macht die Gesundheit?
H Seit mein Arzt gestorben ist, geht's wieder aufwärts.

*

D Hallo, Heinz! Mir scheint, du gehst auf Freiersfüßen?
H Wieso gehe ich auf Freiersfüßen?
D Tu mal nicht so scheinheilig! Ich habe dich vorgestern mit der Elvira gesehen.
H Ach so, mit der Elvira. Ehrlich gestanden: Die würde mir schon gefallen.
D Und umgekehrt: Spürst du keine Zuneigung von ihrer Seite?
H Bis jetzt hat sie mich lediglich gefragt, ob ich nachts schnarche.

*

D Servus, Heinz!
H 'n Abend, Dieter.
D Na, was ist denn dir über die Leber gekrochen?
H Meine Frau ist heute nachmittag ausgegangen.
D Das ist doch nicht weiter schlimm, oder?
H Aber da kam doch dieses furchtbare Gewitter!
D Aber Heinz! Da ist sie doch sicher solange in ein Kaufhaus gegangen.
H Deshalb mache ich mir ja solche Sorgen!

*

H Hallo, Dieter! Seit Wochen sieht man dich nicht mehr!
D Ich habe mich in Klausur begeben.
H Wieso Klausur? Du wirst doch nicht etwa...

D Doch, ich habe wieder mal geschrieben. Einen Roman.

H Was du nicht alles wagst! Einen Roman hast du geschrieben? Und willst du den etwa veröffentlichen?

D Aber klar! Allerdings unter einem Pseudonym.

H Verstehe. Und darf man fragen, unter welchem Pseudonym?

D Ganz einfach ‚Meier'.

H Du bist ein Sadist!

D Wieso ‚Sadist'?

H Da fragst du noch? Denk an die vielen unschuldigen Menschen, die somit in Verdacht geraten!

Ein Ehepaar: Ursula und Heinrich

U Heinrich!

H *(kommt)* Was gibt's denn, Ursula?

U Die Cognacflasche ist ja total leer! Sie ist doch für den Fall gekauft worden, daß jemand von uns erkältet ist!

H Schatz, ich war ja erkältet! Ich wollte dir nur keine Sorgen bereiten.

*

U Heinrich, ich habe heute früh im Radio gehört, daß wir Frauen in wenigen Jahren ein viel ruhigeres Leben haben werden.

H Wieso das?

U Bis dahin geht alles per Computer. Da ist nur da und dort ein Knöpfchen zu berühren — und schon geschieht die gesamte Hausfrauenarbeit von selbst.

H Da wirst du aber sehr enttäuscht werden.

U Weshalb?

H Weil du kein Knöpfchen berührst. Sieh dir nur einmal meine Hemden und Sakkos an!

*

U Ich bin sehr verärgert.

H Aber Ursula, weshalb denn?

U Da bin ich vorhin dieser Hertlein begegnet. Die scheint zu meinen, sie sei mehr als ich. Die gnädige Frau hat so getan, als ob wir uns nie gekannt hätten.

H Aber Ursula! Was kümmert dich diese dumme Gans? Was die ist, bist du schon lange.

*

U Hast du in deiner Zeitschrift den Artikel gelesen über die gesundheitlichen Schäden des Alkohols?

H Ja, habe ich.

U Und die schädliche Wirkung des Nikotins?

H Ja, den auch.

U Na, und was hast du für Konsequenzen gezogen?

H Ich habe die Zeitschrift abbestellt.

*

U Du, Heinrich, ich habe in einem Schaufenster einen entzückenden Hut gesehen, der genau zu meinem neuen Kostüm passen würde. Ein Traum von einem Hut!

H Und was kostet der Traum?

U Es stand kein Preis dabei, sondern nur ein Schildchen mit einer Aufschrift.

H Aha. Und was stand auf dem Schildchen, liebe Ursula?

U „Der nir cri" oder so ähnlich.

H Das ist französisch und wird „dernje cri" ausgesprochen.

U Und was heißt das auf deutsch?

H Das heißt: „bereits verkauft".

Graf Bobby und Baron Mucki

M Ja, der Graf Bobby!

B Habe die Ehre, Baron Mucki!

M Ich hab da was läuten gehört, der Herr Graf und das gnädige Fräulein Baronesse von Stieglitz gehen nicht mehr mitsammen lustwandeln?

B So ist es. Wir haben uns getrennt.
M Aber sie ist doch ausgesprochen...
B Ist sie. Aber jetzt hat sie eine Brille gebraucht.
M Und mit der Brille hat sie auf einmal häßlich ausgschaut?
B Im Gegenteil! Aber mit der Brille hat sie mich zum ersten Mal richtig gsehn.

*

M Wünsche einen schönen guten Abend, Graf Bobby.
B Ganz meinerseits, Baron Mucki. Schon gehört: Die Esterhazy hat im Lotto gewonnen.
M Was Sie nicht sagen! Und was macht sie jetzt mit dem vielen Geld?
B Sie läßt sich jetzt das Suppengrün durch Fleurop kommen.

*

M Servus, der Herr Graf Bobby!
B Habe die Ehre, der Herr Baron Mucki! Wo kommen denn Sie her?
M Von einem sehr interessanten Referat.
B Worüber?
M Über die Entfernung der Fixsterne.
B Na, und wie entfernt man sie?

*

M Ah, der Graf Bobby!
B Ah, der Baron Mucki!
M Eine Frage, Herr Baron: Kennen Sie eigentlich Beethovens Achte?
B Nein, wirklich nicht. Und ich hatte auch gar keine Ahnung davon, daß der Beethoven so oft verheiratet war.

*

M Ja, der Graf Bobby!
B Einen recht schönen guten Morgen, Baron Mucki!
M Die Zeitung schon gelesen?
B Selbstverständlich. Und wir bekommen heute um 11 Uhr 44 eine totale Sonnenfinsternis.

M Man muß schon Respekt haben vor den Herren, die auf die Minute exakt vorausberechnen können, wann so eine Sonnenfinsternis eintritt.

B Aber Baron Mucki, das steht doch alles längst im Kalender drinnen!

*

M Graf Bobby, man erzählt sich, daß Sie eine wundervolle und reichhaltige Bibliothek haben.

B No ja, ich hab halt vor allem die Klassiker. Sie wissen ja: Jede Bildung geht bei den Klassikern an. Goethe, Schiller etc., etc.

M Dann haben Sie gewiß auch Werthers Leiden?

B Na, im Gegenteil, ich fühl mich zur Zeit pumperlgsund.

*

B *(kommt im schwarzen Anzug)*

M *(kommt von der Gegenseite)* Ja, was seh ich! Graf Bobby ganz in Schwarz! Ist doch hoffentlich nichts in der Verwandtschaft passiert?

B Leider ja, Mucki. Mein Bruder ist gestern gestorben.

M Oh, mein herzlichstes Beileid.

B Danke, danke recht schön.

M Und darf man fragen: Was hatte dein Bruder?

B Nicht der Rede wert: einen Kronleuchter, einen Defregger und zwei Picasso aus der Frühzeit.

*

B Ja, der Baron Mucki!

M Ja, der Graf Bobby! Wohin geht denn die Tour?

B Heim. Ich war gerade in der Stadt und habe mir Bücher bestellt.

M Darf ich wissen, welche?

B No, was wird man sich schon für Bücher kaufen? Halt den Goethe und den Schiller.

M In was für einer Ausfertigung?

B Beide in echt Leder.

M Vernünftig, sehr vernünftig. Die in Gips gehen immer so schnell kaputt.

Graf Bobby, ein Verkäufer

V Wünsche einen recht guten Abend, Herr Graf.

B Ah, Sie kennen mich?

V Aber den Herrn Grafen Bobby kennt doch jeder hier.

B Sehr charmant. Und was machen Sie da auf der Straße mit den Sachen, die hier rumliegen?

V Ich bin Straßenverkäufer, Herr Graf.

B Interessant. Eine Frage: Was verlangen Sie beispielsweise für so circa 20 Meter?

Kurz und gut: Mini-Blackouts

Jeder Spielfreudige kann sich seine Mini-Blackouts selbst fabrizieren: Viele Kurzwitze sind spielbar. Wir bringen reichlich Beispiele als Modelle. Bei vielen Witzen muß der Zuschauer aus dem Anfangsdialog erfahren, wer die handelnden Personen sind und wo sich die kurze Szene abspielt.
Mini-Blackouts können auch im kleinen Kreis gespielt bzw. als ,,Einlage" gebracht werden: beim Betriebsausflug, auf einer Berghütte, bei einem Familienfest, im Seniorenclub, am Ende einer Tagung oder Konferenz usw.
Mini-Blackouts lassen sich leicht erlernen — allerdings muß die Pointe, der ,,Clou", wortwörtlich gelernt werden. Zumeist genügt für die Darbietung eine einzige Probe.

Chef und Stellungsuchender

S Herr Direktor, darf ich fragen, ob ich die Stelle erhalte, um die ich mich beworben habe?
C Herr Knorr, ich habe Ihren handgeschriebenen Lebenslauf einem Graphologen vorgelegt.
S Ach, diese Graphologen tappen doch zumeist meilenweit daneben!
C Das kann durchaus sein. Sie hat er jedenfalls sehr positiv beurteilt.

Zwei Bekannte

A Na, wieder ganz gesund?
B Ja. Mein Arzt sagte mir damals gleich, er habe mich in sechs Wochen wieder voll auf den Beinen.
A Und er hat es geschafft?
B Als ich die Rechnung erhielt, mußte ich mein Auto verkaufen.

Zwei Bekannte

A Also dann, auf Wiedersehn, Herr Schulze, ich wohne nämlich hier.
B Ach, in diesem Hochhaus?
A Ja.
B Sie haben aber doch hoffentlich einen Aufzug?
A Selbstverständlich — aber ich benutze ihn nie.
B Ist er Ihnen zu unsicher oder werden Sie schwindelig dabei?
A Nein, ich wohne im Erdgeschoß.

Eine Dame und ein Herr bei Tisch

H Gnädige Frau, mögen Sie Gorgonzola?
D Ich bitte Sie! Ich lese grundsätzlich keine Pornographie!

Zwei Freunde

A Du warst also in Afrika. Erzähl schon!
B Tja, ich war da in einer einsamen Gegend. Plötzlich zwei Einheimische vor mir, Tunesier oder Marokkaner, zwei hinter mir — eingekreist.
A Und wie ging's weiter?
B Naja, ich habe ihnen den Teppich abgekauft.

Zwei Bekannte

A Sie kommen auf Krücken? Was ist denn passiert?
B Ich hatte einen Autounfall.
A Und müssen Sie noch lange mit den Krücken gehen?
B Mein Arzt sagt ‚nein', mein Rechtsanwalt meint ‚ja'.

Zwei Freundinnen

A Du, sag mal, stimmt es, daß du deine Gesangsstunden total aufgegeben hast?
B Mhm.
A Weshalb denn das? Ist dir der Unterricht zu teuer geworden?
B Nein — das eigentlich nicht.
A Dann verstehe ich dich nicht! Du hattest doch schon ein Solo in einer Kirche singen dürfen.
B Eben.
A Wieso?
B Die Leute sind alle aus der Kirche ausgetreten.

Gattin und Gatte

Sie Sag mal, Theo, weshalb gehst du eigentlich immer auf den Balkon hinaus, wenn ich singe?
Er Damit die Nachbarn sehen, daß ich dich nicht verprügle.

Eine Dame oder ein Herr trifft einen Herrn

A Entschuldigen Sie, daß ich Sie auf der Straße anspreche, ich wollte Sie nur fragen, ob Sie mit unserem Kultusminister verwandt sind.
B Ich bin der Kultusminister.
A Sieh mal an: daher also diese verblüffende Ähnlichkeit!

Arzt und Patient

A Ihr Puls gefällt mir heute gar nicht, er geht ganz unregelmäßig. Sollte das etwa vom Trinken kommen?
P Bestimmt nicht, Herr Doktor! Ich trinke nämlich sehr regelmäßig.

Frau Lehner beim Arzt

A Frau Lehner, ich hatte Ihnen einen Diätplan erstellt. Meine Frage: Halten Sie sich auch streng daran?
L Ganz exakt, Herr Doktor. Aber ehrlich gestanden: Bisweilen fällt es mir schon recht schwer, nach dem Essen auch noch dieses Diätzeug hinunterzudrücken.

Mutter und Söhnchen

M Wo warst du denn so lange?
S Im Bad. Die Hände gewaschen.
M Sehr schön.
S Mutti, kannst du mir sagen, wieviel Zahncreme in einer ganz neuen Tube ist?
M Nein, das weiß ich nicht.
S Aber ich weiß es: genau drei Meter vierzig.

Herr Müller beim Arzt

M Herr Doktor, darf ich fragen, wie es mit meiner Frau steht?
A Tja, Herr Müller, bei Ihrer verehrten Frau Gemahlin scheint es sich um eine Stoffwechselkrankheit zu handeln.
M Genau das hatte ich vermutet: Sie möchte nämlich alle vierzehn Tage ein neues Kleid.

Vater und Sohn

V *(liest in der Zeitung)*
S *(macht Hausaufgaben)* Vati, ich muß dich was fragen.
V Frag schon.
S Kannst du mir sagen, wer Hamlet war?
V Da schlag gefälligst selbst nach. Dort oben im Regal rechts steht die Bibel.

Museumsdirektor und -aufseher

A Guten Abend, Herr Direktor.
D Ah, das ist ja unser neuer Museumsaufseher — wie ist doch gleich Ihr Name?
A Pongratz, Herr Direktor.
D Na, Herr Pongratz, wie gefällt Ihnen dieser neue Job?
A Ich glaube, der Herr Direktor wird mit mir sehr zufrieden sein.
D Wieso, Herr Pongratz?
A Ich habe heute — an meinem ersten Arbeitstag — bereits zwei Rembrandt und einen Dürer verkauft.

Zwei Freunde

A Habe ich dir schon gesagt, daß ich einen neuen Steuerberater habe?
B Nein. Und wie ist er?
A Toll, einfach ganz toll!
B Und ist er auch wirklich gelernter Steuerberater?
A Nein, das nicht. Er war zuvor Frisör.
B Wieso ist er dann so gut als Steuerberater?
A Frisieren! Frisieren!

Zwei Berufskollegen

A Herr Zeitler, Sie hatten früher doch öfter Gäste bei sich zu Hause. Das scheint nicht mehr so zu sein. Wie kommt das?
B Sehr einfach: Die hat meine Frau alle hinausgekocht.

Zwei Mütter

A Seit meine Tochter volljährig ist, erfahre ich überhaupt nichts mehr von ihrem Tun und Treiben. Das macht mich ganz fertig.

B Seit meine Tochter volljährig ist, erzählt sie mir alles von ihrem Tun und Treiben. Ich bin mit den Nerven bereits am Ende.

Zwei Freunde: Hein und Eddi

H Tach, Eddi!

E Tach, Hein.

H Du strahlst heute so.

E Meine Tante hat mir zum Geburtstag gratuliert. Mit einem Hunderter.

H Prima, Eddi! Dann kannst du mir ja die zwanzig Mark zurückgeben, die ich dir vor sechs Wochen geliehen habe.

E Moment mal! Laß mich bitte erst den ganzen Traum zu Ende erzählen!

Ein Ehepaar

Sie Peter, ich habe ein ganz exzellentes Waschmittel entdeckt. Damit wird die gesamte Wäsche wirklich strahlend weiß. Sieh mal her, wie weiß z. B. dein Hemd geworden ist!

Er Gestreift hat es mir aber besser gefallen.

Mutter und Söhnchen

S Tag, Mutti.

M Tag, Fritzchen. Na, hast du mir nichts zu berichten?

S Was denn, Mutti?

M Heute hat es doch die Zeugnisse gegeben.

S Och, die! Ich habe mein Zeugnis dem Willi mitgegeben.

M Ja, wieso denn das?

S Der möchte seinem Papi mal einen richtigen Schreck einjagen.

Vater und Sohn

S Papi, kannst du mir sagen, wieso sich die Erde immerfort dreht?

V Um Gotteswillen, hast du etwa meine Cognacflasche erwischt?

Zwei Mütter

A Darf ich einmal eine ganz vertrauliche Frage stellen, Frau Winkler?

B Aber gewiß, Frau Hoffmann, wir sind doch seit Jahren gute Nachbarinnen.

A Geben Sie Ihrem Sohn eigentlich noch immer einen Gutenacht-Kuß?

B An und für sich schon. Vorausgesetzt, ich bin noch wach, wenn er heimkommt.

Zwei Freunde

A Na, was macht denn das neue Klavier in deiner Wohnung?

B Ich sitze zur Zeit täglich fünf bis sechs Stunden daran und spiele nur die Tonleiter: auf und nieder, auf und nieder.

A Bist du verrückt geworden? Was willst du denn damit?

B Die größere Wohnung von nebenan.

Vater und Söhnchen

S Du, Vati!

V Ja, was gibt's?

S Das Barometer ist sehr gefallen.

V So? Und wieviel?

S Über zwei Meter. Ich stand auf dem Hocker.

Zwei Freunde: Hein und Eddi

H Ja, wen seh ich denn da? Der Eddi! Mein alter Freund! Du kommst mir wie gerufen!

E Aber ich habe wirklich keinen Pfennig Geld bei mir.

Gatte und Frau

F Das ist jetzt schon das dritte Mal, daß du heute ein Wannenbad genommen hast. Du hast dir wohl einen Waschzwang zugelegt, wie?

G Nein, das hat mir der Arzt verordnet: 3 x täglich 10 Tropfen in warmem Wasser einnehmen.

Zugschaffner und Reisender

R Entschuldigen Sie, Herr Bahnhofsvorsteher...

Z Ich bin nicht der Bahnhofsvorsteher. Ich bin der Zugschaffner, hier von diesem Zug nach Mailand.

R Nur eine kurze Frage: Ist noch so viel Zeit, daß ich mich von meiner Frau verabschieden kann?

Z Das kommt darauf an, wie lange Sie schon verheiratet sind.

Trainer einer Fußball-Elf und Stürmer

T Und bei so einer lahmen Mannschaft muß ich Trainer sein! Eine Fußball-Elf will das sein? Eine Fußball-Null ist das!

S Herr Detterbeck...

T Ja, Sie müssen reden! Gerade Sie als Stürmer waren stinkfaul, wie eine Henne auf dem Misthaufen sind Sie herumgestelzt! Ich möchte wissen, wann ich von Ihnen wieder mal was Ordentliches zu sehen bekomme.

S Heute abend, Herr Detterbeck.

T Heute abend? Wieso heute abend?

S Im Werbefernsehen. Da stelle ich die neuen Fadennudeln von Eiermann vor.

Mutter und Söhnchen

S *(kommt weinend herein)*

M Was ist denn passiert, warum weinst du denn?

S Vati hat sich mit dem Hammer auf seinen Finger gehauen.

M Aber deshalb mußt du doch nicht weinen!

S Ich hab ja zuerst auch gelacht.

Frau Schmitz und Frau Kimnich

K Sie sind also wieder vom Urlaub zurück, Frau Schmitz?

S Ja, seit vorgestern.

K Und Sie waren in Rom?

S Ja, auch in Rom. Dann aber in Florenz.

K In Florenz! Mein Schwarm! Wie fanden Sie Florenz?

S Wir hatten eine prima Autokarte.

Mann und Frau

M *(sucht aufgeregt in seinen Hosentaschen)* Meine Geldbörse ist weg!
F Was liegt denn dort auf dem Stuhl?
M Tatsächlich: die Geldbörse! Wie kommt denn die auf den Stuhl?
F Wie wird sie schon auf den Stuhl kommen? Sie ist dir halt aus der Hosentasche herausgerutscht.
M Das ist technisch unmöglich. Aber ich habe einen Verdacht.
F So? Und was ist das für ein Verdacht?
M Ich mißtraue unserm Herrn Sohn.
F Wieso?
M *(hat die Börse geöffnet)* Was ich mir gedacht habe! Das Früchtchen hat mir Geld geklaut.
F Woher willst du das wissen? Es könnte doch auch ich gewesen sein.
M Nein, du warst es nicht. Es ist nämlich noch etwas Geld drin.

Mutter und Töchterchen

M Na, wie war's denn heute in der Schule?
T Prima, Mutti! Ich war heute die Beste von der ganzen Klasse.
M Brav, da lobe ich dich aber fest. Und wieso warst du die Beste?
T Die Lehrerin hat gefragt, wie viele Beine der Storch hat. Und da habe ich als einzige von der Klasse gesagt: Der Storch hat drei Beine.
M Aber das ist doch reiner Unsinn! Der Storch hat doch nur zwei Beine!
T Ja, aber alle anderen Schüler haben ,,vier‘‘ gesagt.

Mann und Frau

F *(zum eintretenden Gatten)* Was ist denn heute mit dir los? Jetzt ist es halb acht Uhr, und sonst kommst du um sechs Uhr vom Büro nach Hause!
M Ich weiß, ich weiß! Nun beruhige dich mal, ich erzähle dir ja alles.
F Also, was war los?
M Meine Kollegen im Büro, diese Schufte, sind pünktlich um fünf Uhr ganz leise aus dem Büro geschlichen und haben mich weiterschlafen lassen.

Vater und Söhnchen

S Vati, stimmt das, was unser Fräulein in der Schule gesagt hat?
V Was hat sie euch denn gesagt?
S Daß die meisten Tiere alle Jahre einen neuen Pelz bekommen.
V Ja, das stimmt. Aber sag's um Gottes willen nicht der Mutti!

Zwei Bekannte

A Sag mal: Ist das wirklich wahr, was man von dir sagt?
B Was sagt man denn von mir?
A Daß du ein Auto hast.
B Nu ja, bloß so'n kleinen Gebrauchtwagen.
A Menschenskind! Woher hast du denn das Geld für so'n kleinen Gebrauchtwagen?
B Na, ich hatte da so eine alte Trompete. Und die hab ich dem Autohändler gegeben.
A Ja, war denn die Trompete so wertvoll?
B Das nicht. Aber der Autohändler wohnt ein Stockwerk über uns.

Der Onkel aus Amerika und sein kleiner Neffe

N Sag mal, Onkel, wie lange lebst du eigentlich schon in Amerika?
O Seit 24 Jahren.
N Und hast du dort drüben auch eine Ranch?
O Klar, mein Junge.
N Eine große Ranch?
O Sogar eine sehr große.
N Kannst du mir sagen, wie groß deine Ranch ist?
O Wenn ich mit meinem Auto vom einen Ende der Ranch zum anderen fahre, benötige ich fast zwei Stunden.
N Ja, ich weiß Bescheid, Onkel: So ein altes klappriges Auto hat Vati auch.

Zwei Freundinnen: Gabi und Marianne

M Gabi! Sehe ich dich endlich auch mal wieder? Wie geht es dir?

G Gut, Marianne, danke. Und dir?

M Ich bin auch zufrieden. Übrigens — als wir uns das letzte Mal sahen, erzähltest du mir von deinem Freund und daß du ihn zum Abendessen eingeladen hattest.

G Richtig. Und er ist auch gekommen. Sogar sehr pünktlich.

M Und hat ihm dein erstes selbstbereitetes Abendessen geschmeckt?

G Er hat es jedenfalls gegessen. Und auch der Arzt meint, er sei nächste Woche wieder arbeitsfähig.

Zwei Freundinnen: Lissy und Monika

M Lissy! So ein Zufall, daß wir uns hier treffen!

L Monika! Du bist ja braun gebrannt, als ob du auf Mallorca gewesen wärest.

M Du wirst lachen: Wir waren tatsächlich auf Mallorca.

L Ist das die Möglichkeit! Wir waren diesmal nur in Südtirol.

M Südtirol? Das liegt doch da unten hinter dem Brenner?

L Richtig. Und wo liegt eigentlich Mallorca?

M Keine Ahnung. Wir sind geflogen.

Von den gleichen Herausgebern sind lieferbar:

Das neue Fünfzehnminuten-Theater

Viele spielfertige Kurzszenen für junge Leute in Schule, Gruppe, Verein etc.: Blackouts, Sketsche, Solonummern, Valentiniaden, Kurzeinlagen, Spielbare Witze und Kurzgeschichten; Modelle für Persiflagen, Erzählpantomimen, Schulstunden-Sketsch, „Halbwitz" und Kreislaufwitze; Inszenierungsanleitungen; ABC der Fachausdrücke mit Regiehilfe.

168 Seiten, kartoniert

Das Spielmagazin
Evergreens für fröhliche Runden und Bunte Abende

Spiele im kleinen Kreis · Spiele für viele · Wettspiele · Raten · Scherzspiele · Spiele für Tanzveranstaltungen und Parties · Kurzszenen · Stegreifspiele · Heitere Einlagen · Sketsche · Solonummern · Pantomimen · Quodlibets · Eröffnungs- und Schlußnummern.

7. Aufl., 160 Seiten, kartoniert

Gesellschaftsspiele im Seniorenclub

Über 150 spezifisch für Senioren ausgewählte und erprobte Spiele, die Freude schenken und soziale Kontaktnahme garantieren.

2. Aufl., 136 Seiten, kartoniert

Zu beziehen durch jede Buchhandlung!

Bitte fordern Sie unser ausführliches Verzeichnis an:
Gruppenarbeit — Freizeit — Spiel

DON BOSCO VERLAG · MÜNCHEN